KB252505

경봉 스님의
무해한 식탁

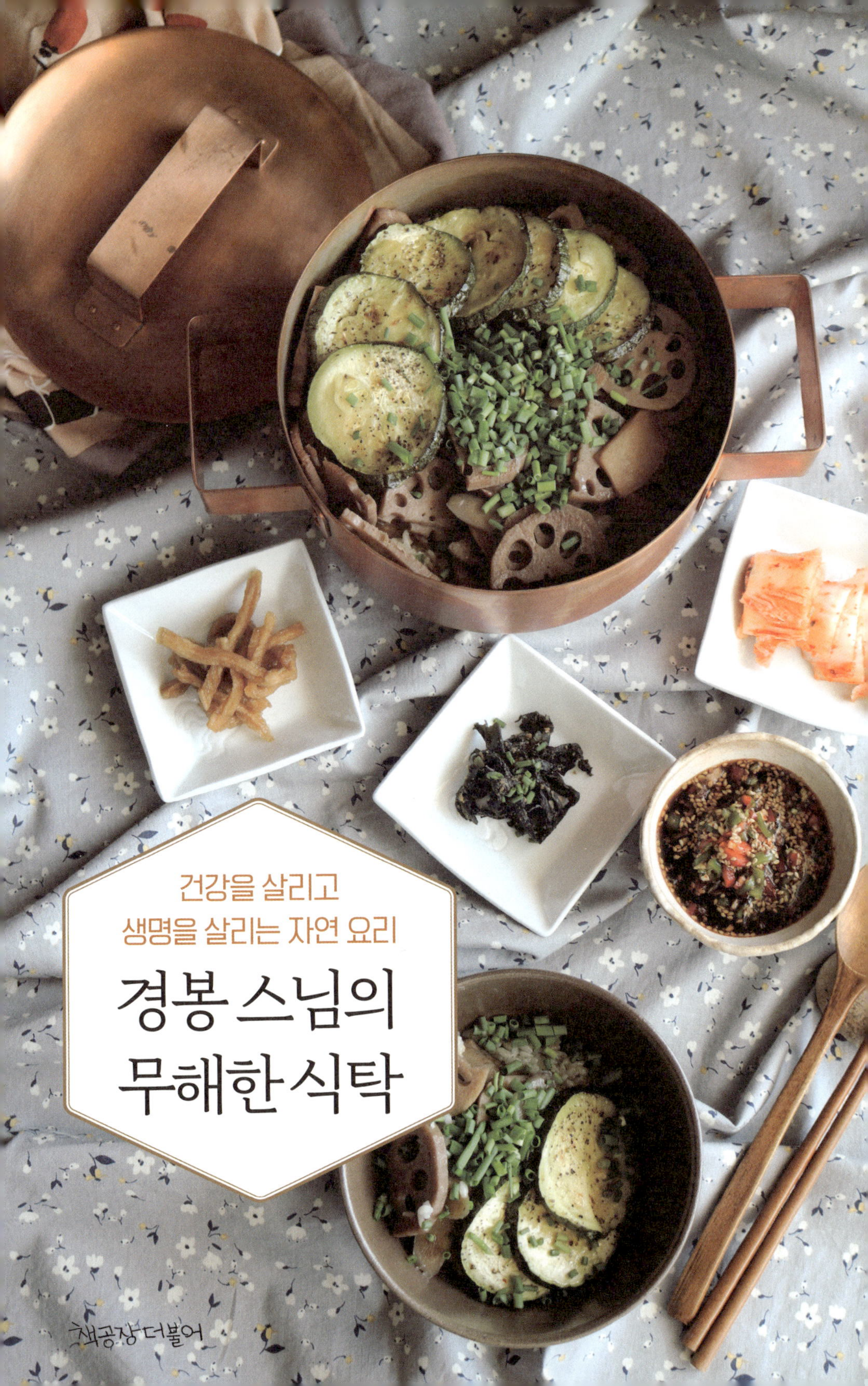

건강을 살리고
생명을 살리는 자연 요리

경봉 스님의
무해한 식탁

책공장더불어

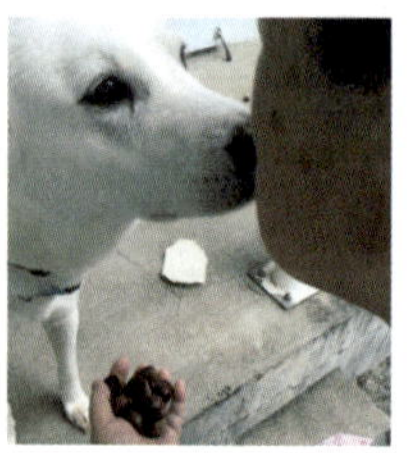

우리 인생도 따뜻하고
담담한 맛이기를

처음 요리를 배우러 오는 사람들, 즐거움을 안고 오는 사람들, 슬픔을 안고 오는 사람들, 다양한 사람들과 함께 마주하게 되는 식탁을 편안한 마음으로 준비한다.

사람들과 함께 식사를 하면 자리에 앉으면서부터 평평하게 유지되었던 기분이 상승되기 시작하면서 시원하게 웃게 된다. 생로병사, 희로애락, 우울함 등에 관한 이야기를 나누다가 식사 자리가 마무리될 즈음 우리는 다시 현재로 돌아온다.

비워진 그릇들을 거듬거듬하여 치우고 따뜻한 찻잔을 마주하면 사람들의 얼굴이 한결 편해 보인다. 우리 인생도 따뜻하고 담담한 맛이기를 바란다.

조금 부족해 보여도 함께 나누면 넉넉해진다. 따뜻한 온기 하나만으로도 우리는 충분히 행복하다. 삶은 단순할수록 더 깊고 온전히 맛있다.

무해한 삶이란 사람에게도, 자연에게도 그리고 서로의 관계에도 해롭지 않은 삶이다.

몸과 마음에 독이 되지 않고, 자연의 순환을 거스르지 않으며, 함께하는 이에게 상처 주지 않는 삶, 그 길 위에서 우리의 마음은 한결 편안해진다.

경봉 스님

대중들의 몸과 마음을 살피며 음식을 조율하는 공양간의 지휘자. 선우, 파랑이, 오페라의 영원한 팬이다.

진엽 스님

여동생이자 사제 스님. 선우, 파랑이, 오페라의 무수리를 자처하는 따뜻한 집사.

정엄 스님

남동생이자 대한불교 조계종 비구 스님. 발효 관련 전통 고서의 번역과 자문, 고대부터 현대까지의 전 세계 식문화 연구와 자문을 이어가고 있다. 자연주의 철학자이자 인문학자를 합쳐 놓은 듯, 깊은 사유와 위트로 삶의 이치를 짚어낸다.

선우

나의 부처님이자 모든 것을 이해해 주는 자애로운 벗. 맛있게 먹는 것이 특기인 주방 요정이다. 오페라와 파랑이의 엄마.

파랑이

선우의 딸. 모든 이들이 사랑만 주는 세상에 산다고 믿는 아이다. 파랑이의 눈빛과 미소를 마주하면 누구도 빠져나올 수 없다. 다정한 눈맞춤이 특기.

오페라

선우의 딸. 파랑이와 마찬가지로 세상이 사랑으로 가득하다고 믿는다. 사람뿐 아니라 다른 동물들과도 스스럼없이 어울린다. 사람들의 대화를 듣는 것을 좋아하고, 우리가 대화하면서 웃지 않으면 중재에 나서기도 하는 평화주의견. 두둠칫 걸음은 늘 밝고 경쾌해서 보는 이로 하여금 미소 짓게 만든다.

차례

일러두기

간장 종류

간장은 크게 세 가지로 나뉜다.

- **전통 간장** 메주로 담가 오래 숙성한 간장이다. 색이 옅고 짠맛이 강하다. 국이나 나물에 쓰인다. 국간장, 집간장과 같은 말이다.
- **청장** 전통 간장 중에서 맛이 부드럽고 색이 맑은 간장이다. 음식 본래의 색을 살릴 때 쓰인다.
- **진간장** 시판 간장. 색이 짙고 단맛이 있어 볶음, 조림, 양념장에 잘 어울린다.

맛간장 종류

맛간장은 전통 간장에 재료를 더해 풍미를 살린 간장이다. 음식의 성격에 맞게 짠맛과 단맛을 조절하면 된다. 아래 3가지 맛간장을 나누어 쓰면 각 음식의 특징을 살릴 수 있지만 굳이 나누지 않아도 된다. 조림용 맛간장을 기본으로 하고 계절과 용도에 따라 단맛이나 산미를 더하면 된다.

- **기본 맛간장, 조림용 맛간장** --> 192쪽 참조

조림용 맛간장이 기본 맛간장이다. 국간장 또는 청장을 바탕으로 채소, 다시마, 표고를 넣어 끓이면 깊은 감칠맛이 난다. 짠맛이 강하지 않고 부드러워 국, 무침, 조림 등 여러 요리에 두루 어울린다. 조림 재료에 윤기가 돌고 간이 깊이 배도록 한다. 매실청이나 배즙을 더하면 산뜻하다. 장아찌를 만들 때는 기본 맛간장에 설탕이나 조청을 더하면 좋다.

- **장아찌용 맛간장** --> 134쪽 참조

장아찌용 맛간장은 시판되는 진간장으로 해도 된다. 장아찌는 오래 두고 숙성시켜 먹는 것이므로 간장 자체의 풍미보다 재료와 숙성에서 오는 맛이 중요하다. 간편하게 진간장을 사용해도 무방하나 기본 맛간장을 사용하면 장아찌의 풍미가 한층 깊어진다.

- **여름용 맛간장** --> 163쪽 참조

기본 맛간장에 조청 또는 매실청, 배즙을 더한다. 입맛을 돋우고 느끼함을 덜어 산뜻하여 여름철 음식에 잘 어울린다. 배즙은 없으면 넣지 않아도 된다.

01

영혼까지 따뜻해지는 한 컵

채수 | 채수로 만든 소면

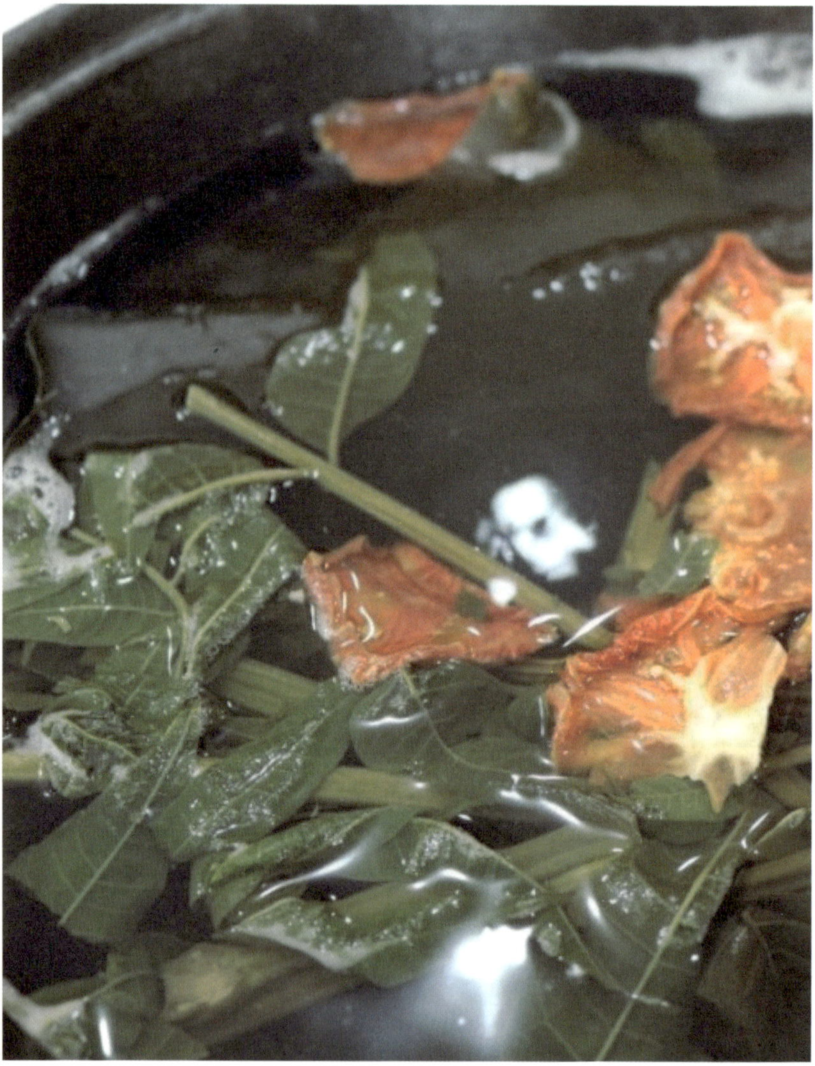

채수를 어떻게 만드는지 궁금해하는 분들이 많다. 사실 만드는 것은 어렵지 않다. 채소를 넣고 끓인 물이 바로 채수다. 멸치 국물을 내듯 어렵지 않게 만들 수 있다. 잘 우러난 채수는 구수하고 담백해서 한 모금만으로도 영혼까지 따뜻해진다.

봄에 따 놓은 참죽나무의 연한 순은 장아찌나 전을 해서 먹고, 굵직한 대는 말려서 채수 낼 때 사용한다. 낙엽이 지기 전에 살짝 데쳐서 말려 놓으면 뻣뻣하긴 해도 다음 해 봄에 새순이 나올 때까지 국물 낼 때 요긴하게 쓸 수 있다.

꼭 말린 참죽이 없어도 괜찮다. 무나 당근처럼 반찬하고 남은 자투리 채소도 모두 훌륭한 채수 재료다.

일과를 마친 저녁, 다음 날 사용할 채수를 미리 끓여 두는 시간은 하루를 정리하는 소중한 틈이다. 채수가 끓는 동안에 조용히 오늘을 돌아본다. 다 끓은 따뜻한 채수를 한 컵 마시며 비로소 내게로 돌아간다. 채수는 몸뿐 아니라 마음까지도 따뜻하게 데워 준다.

 **재료(기본 채수 재료, 기호에 따라 조절 가능)**

다시마 1장, 말린 참죽 적당량(없으면 생략 가능하다. 양파, 대파를 넣는다면 참죽을 넣지 않아도 된다), 말린 토마토 3~4조각(없으면 생략 가능), 물 2L

반찬하고 남은 자투리 채소 추가하기

무 1/4개, 당근 1/2개, 양파 1/2개(껍질째 사용 가능), 대파 뿌리 부분(또는 대파 흰 부분 1대), 표고버섯(생표고버섯 또는 말린 것 2~3개)

만드는 법

1 마른행주로 다시마를 살짝 닦아 준비한다.

2 말린 참죽과 말린 토마토를 손질해 둔다.

3 무, 당근 등 채소는 적당한 크기로 썬다.

4 냄비(또는 무쇠솥)에 물 2L를 넣고 준비한 채소를 넣는다.

5 중약불에서 은은하게 끓인다.

6 다시마는 물이 끓기 시작하고 15분 후 건져 낸다.

7 중간중간 거품을 걷어내며 약불에서 40~50분 정도 더 끓인다.

8 채수를 체에 걸러 맑은 국물만 남긴다.

9 식힌 후 병에 담아 냉장 보관한다. 최대 5일까지 보관 가능하다.

TIP

* 찌개, 국, 죽, 전골 등 국물 요리에 활용한다.

* 밥을 지을 때 채수를 사용하면 감칠맛이 더해진다.

* 파스타, 비빔국수, 샐러드에도 소스, 드레싱으로 활용 가능하다. 왜냐하면 채수는 여러 가지 채소(양파, 대파, 마늘, 다시마, 표고, 당근 등)를 끓여 만든 자연스러운 감칠맛이 물보다 깊은 맛을 내면서도 기름기나 짠맛 없이 깔끔하기 때문이다.

* 토마토소스나 오일 파스타에 채수를 조금 넣으면 소스가 되직해지지 않고, 은은한 채소의 풍미와 감칠맛이 더해진다. 비빔국수 양념 고추장을 만들 때에도 채수를 1~2큰술 정도 넣으면 양념이 텁텁하지 않고, 입안에서 부드럽게 섞인다. 특히 매운 양념이 강할 때에는 채수가 매운 맛을 부드럽게 중화시켜 준다.

* 그냥 물은 싫고 카페인도 별로일 때 채수를 따뜻하게 데워서 마시면 좋다.

채수로 만든 소면

 **재료**(2인분)

마른 소면 180~200g

채수 요리 에센스 2/3컵(145쪽
　참고)

찬물 또는 생수 2컵

매실청 1~1.5큰술

전통 간장 1작은술(간 맞춤용, 필
　요시)

소금 약간(간 보고 조절)

국수 위에 얹어 줄 오이나 풀(허
　브 또는 쑥갓 등 식용풀) 약간

만드는 법

1 볼에 채수 요리 에센스, 찬물, 매실청을 넣고
　잘 섞는다.

2 간을 보고 전통 간장이나 소금을 아주 조금
　추가해 간을 맞춘다.

3 완성된 국물을 냉장고에서 충분히 식혀서
　차게 준비한다.

4 소면을 삶은 후 찬물에 비벼 가며 헹궈 전분
　기를 완전히 제거한다.

5 삶은 면을 채에 밭쳐서 물기를 뺀다.

6 삶은 면을 그릇에 담고, 차가운 국물을 붓는
　다. 더 시원하게 먹고 싶으면 얼음을 넣는다.
　그 위에 오이나 쑥갓 등을 올린다.

02

기다림이 있어야 완성된다

내 맘대로 무반죽 빵 | 무반죽 빵 이스트 버전 | 단감 스프레드

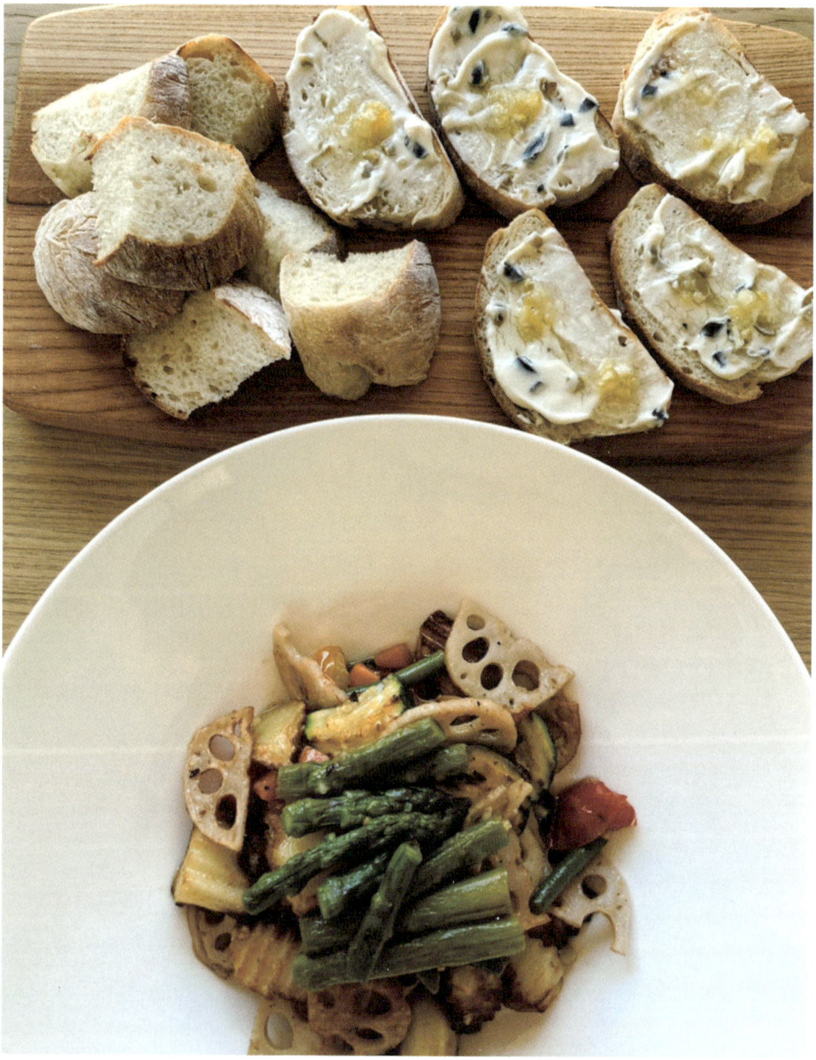

재료 손질과 조리법이 복잡하지 않고, 먹고 난 후 속이 편한 음식은 누구나 좋아한다. 오랜 벗들이 오는 날이라서 빵을 구우려고 이른 새벽 일어나니 오페라도 벌떡 일어났다. 발효가 잘된 구수한 향의 반죽, 빵이 구워지는 맛있는 냄새가 오븐에서 솔솔 나오면 기분이 좋아진다.

그중 한 벗은 우리 아이들의 역사를 고스란히 저장하고 있는 역사책이나 다름없다. 선우의 강아지 시절부터 시작되어 선우가 엄마가 되어 파랑이, 오페라를 낳아 기른 역사를 다 안다. 선우가 떠나고 파랑이와 오페라가 노견이 된 지금까지의 역사까지.

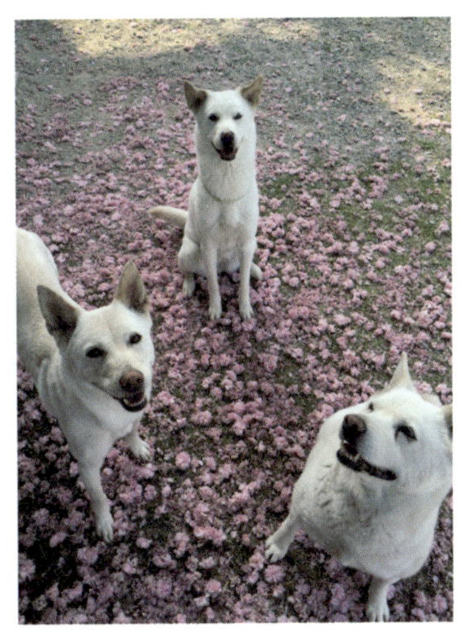

여러 벗이 도착하자 파랑이의 다정한 눈맞춤과 오페라의 우렁찬 짖음으로 환영식을 마치고 수다가 이어졌다. 한 벗의 채식 경험에 모두 뒤집어졌다. 채식을 하고 싶어서 채식 만두를 산 후 사골국에 끓여 먹었다는 것이다. 모두 눈물 날 정도로 웃었다.

벗들을 위해 무반죽 빵을 만들기로 했다. 무반죽 빵은 손으로 오래 치대지 않고, 그냥 섞기만 하면 되어 반죽이 쉽고, 천천히 발효되면서 글루텐이 적게 생성되어 장에 부담도 덜하다. 발효 시간이 길어질수록 고소하고 구수한 풍미가 살아난다. 기다림이 있어야 완성되는 빵이다.

이 빵은 쌀누룩 요거트를 넣어 저온 발효로 천천히 발효시킨 후 굽는다. 나는 직접 쌀누룩 요거트를 만들어 사용하는데 직접 만드는 게 어렵다면 판매하는 인스턴트 드라이 이스트를 소량 넣어 발효시켜도 된다. 각자의 사정에 따라 또는 상황에 따라 조금은 다르게 가더라도 괜찮다.

처음 빵을 만들 때에는 인스턴트 드라이 이스트만큼 고마운 것이 없다. 소량만 넣어도 잘 부풀고, 일정한 결과물을 내 주니 집에서도 쉽게 빵을 구울 수 있다. 빵을 자주 만들다 보면 발효의 세계가 점점 궁금해지고, 어느새 내 손으로 키운 발효종으로 빵을 굽게 되기도 한다.

인스턴트 드라이 이스트 자체가 나쁜 건 아니다. 오히려 시중 빵에 들어가는 유화제나 안정제 같은 첨가물이 문제다. 가정에서는 이스트와 밀가루, 물과 소금만으로도 충분히 건강한 빵을 만들 수 있다. 빵을 굽는 시간이 쌓일수록, 반죽을 만지고 구워 내는 그 순간이 점점 더 즐거워진다. 계절마다 수분량이 달라져서 처음에는 어렵게 느껴지지만 자신만의 레시피를 완성해 가는 그 과정이 또 하나의 즐거움이다.

내 맘대로 무반죽 빵

 **재료**
(식사 빵 4개 분량)

우리 밀 백밀 500g
쌀누룩 요거트 500g
굵은 소금 1큰술
올리브 오일 3큰술

> 시중에서 판매하는 쌀누룩 요거트를 사용할 때에는 발효 스타터starter로 사용할 수 있는 제품인지 확인하고 구매한다. 스타터는 치즈나 발효유를 만들기 위해 배양한 유산균이나 효모를 말한다.

만드는 법

1 우리 밀, 굵은 소금, 올리브 오일, 쌀누룩 요거트를 큰 볼에 담고 잘 섞는다.

2 큰수저나 주걱 또는 스패출러를 사용해서 섞는다. 가루가 보이지 않을 때까지 천천히 반죽한다. 기계 반죽을 해도 되지만 급하지 않게 천천히 하는 손반죽을 좋아한다.

3 반죽을 랩 또는 천으로 덮어서 천천히 발효시킨다. 8~12시간 동안 낮은 온도에서 천천히 발효시켜야 더 깊은 맛이 난다.

4 1차 발효가 끝난 반죽을 꺼내어 가볍게 가스를 빼고 원하는 모양으로 성형한다.

5 베이킹 팬에 반죽을 놓고 다시 발효시킨다. 2차 발효는 1시간 정도면 된다.

6 오븐을 180도로 예열해서 반죽을 넣고 25~30분간 굽는다. 오븐마다 다르므로 조절은 필수다.

7 오븐에서 꺼내 망에 올려 식힌다.

내 맘대로 무반죽 빵 이스트 버전

 **재료**

(식사 빵 4개 분량)

우리 밀 백밀 500g

물 330mL

굵은 소금 1큰술

올리브 오일 3큰술

드라이 이스트 4g

 만드는 법

1 **반죽하기.** 볼에 우리 밀과 이스트를 넣고 섞은 다음, 소금, 물, 올리브 오일을 넣고 섞는다. 주걱이나 커다란 스푼으로 섞는다. 가루가 보이지 않을 때까지 반죽한다.

2 **1차 발효하기(30~60분).** 따뜻한 곳(25~30도)에서 2배로 부풀 때까지 발효시킨다.

3 **성형하기.** 가볍게 가스를 빼고 둥글거나 타원형 또는 원하는 모양으로 반죽을 나눈다.

4 **2차 발효(20~30분)하기.** 젖은 면포나 랩을 덮고 2차 발효를 한다.

5 오븐을 180도로 30분간(오븐마다 온도 차이가 난다) 굽는다. 꼬챙이로 빵의 옆구리를 살짝 찔러 봐서 반죽이 묻어 나오지 않으면 완성이다.

TIP 더 촉촉한 식감을 원할 경우 물을 10~20mL 늘리고 1차 발효 시간을 조금 더 늘린다.

단감 스프레드

재료

딱딱한 단감

만드는 법

1 딱딱한 단감을 말랑해질 때까지 실온에 둔다.

2 단감이 충분히 부드러워지면 껍질을 벗기고 과육을 분리한다.

3 과육을 필요한 만큼 소분해서 냉동실에 보관한다. 언제든지 필요할 때 꺼내서 스프레드로 사용한다.

TIP 말랑해진 단감과 홍시는 비교해 보면 부드러움과 식감이 다르다.

03

연두부로 만드는 비건 치즈

연두부로 만드는 치즈 | 비건 치즈 파스타 | 비건 치즈 샐러드

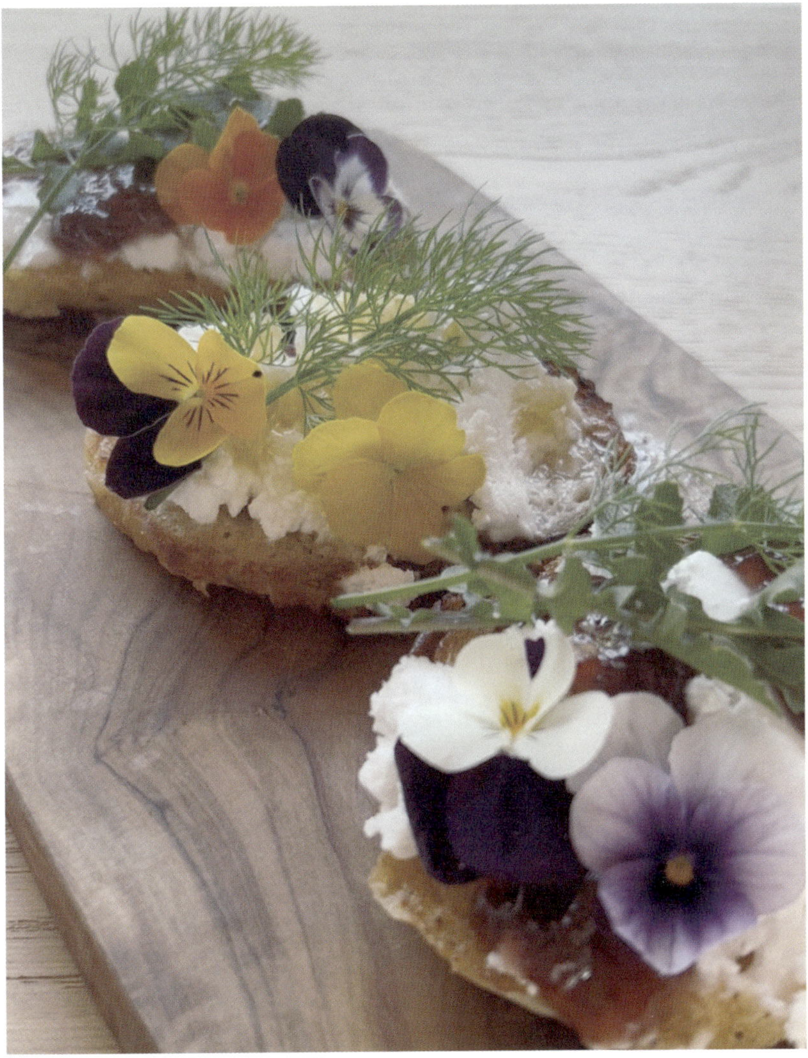

눈이 많이 내린 날. 습기를 가득 머금은 눈이라 잘 쓸리지도 않는다. 콧잔등에 땀이 송글송글 맺히고 일의 끝이 보일 때쯤 참 준비를 시작한다.

미리 만들어 둔 비건 치즈를 꺼냈다. 우유도 첨가물도 들어가지 않았지만 맛은 영락없는 치즈다. 빵에 연두부로 만든 비건 크림치즈를 발라 주면 끝이다. 대중운력大衆運力[절집이나 선원에서 공동체(대중)가 마음과 힘을 합쳐 함께 일을 하는 것을 가리키는 말] 후에 먹기 딱 좋은 음식이다.

우리 집 3남매는 모두 스님이 되어 수행자의 길을 걷고 있다. 특별한 인연이다. 여동생인 진엽 스님은 나와 하루 차이로 출가를 했다. 어려서부터 동물과 식물 사랑이 남다르고 파워 I 성향이 말해 주듯 섬세하며 매우 내향적이다. 남동생인 정엄 스님은 무뚝뚝해 보이지만 유학을 떠나기 전 선우가 낳은 여섯 강아지를 위해 원목 의자를 뚝딱뚝딱 만들어 준(강아지들 이가 나기 시작하면 갉을 것이 필요하다고) 다정한 사람이다.

진엽 스님은 출가 전부터 지금까지 치즈를 좋아하고, 나는 유당불내증(우유에 함유된 유당을 제대로 분해하여 흡수하지 못하는 증상)이 있어서 유제품을 거의 섭취하지 않는다. 정엄 스님도 유당불내증이 있다는 것을 알고 난 뒤부터는 유제품을 거의 섭취하지 않는다. 재미있는 유전자의 세계다.

비건 치즈를 만든 김에 계획 없이 비건 크림 파스타 시식회를 열었다. 소식을 알리니 여러 사람이 총총 모였다. 채식인과 육식인이 두루 섞였다. 비건 치즈와 파스타를 먹은 사람들의 총평은 "더할 나위 없다"였다. 시식회 참가 자격은 따로 없다. 그날 인연이 된 사람들로 구성된다.

연두부로 만드는 치즈

 **재료**

쌀누룩 요거트 100mL
연두부 300g
굵은 소금 1작은술

만드는 법

1. 모든 재료(쌀누룩 요거트, 연두부, 굵은 소금)를 큰 그릇에 넣고, 도깨비방망이(핸드블렌더)로 부드러운 크림같이 될 때까지 잘 섞는다.
2. 섞은 재료를 유리병에 담고, 면보나 종이 키친 타월로 덮는다.
3. 실온에서 약 24시간 동안 발효시킨다.
4. 발효가 끝나면 면보에 부어 유청을 걸러내듯 수분을 적당히 뺀다. 크림치즈나 그릭 요거트처럼 부드러워 바로 먹을 수도 있다.
5. 수분을 좀더 천천히 오래 빼 주면 단단한 형태의 비건 치즈가 완성된다. 시간이 필요한 작업이다.
6. 완성된 비건 치즈는 바로 사용하거나 냉장 보관한다.

비건 치즈 파스타

 **재료(4인분)**

생면 400g(건면이면 약 80g)
당근즙 100mL
페페론치노 또는 매콤한 붉은 건고추 2~3개
올리브 오일 4큰술(1인당 1큰술)
비건 치즈 100g
이탈리안 파슬리 약간
산초 피클 약간
후추 약간

1 생면을 직접 만들 때는 밀가루에 곱게 간 당근즙 100mL를 넣어 반죽한 뒤 면을 뽑는다. 칼국수 면을 만드는 것처럼 밀대로 밀어서 썬다.

2 생면을 끓는 물에 삶아 건진다.

3 프라이팬에 올리브 오일을 두르고 붉은 건고추를 다진 후 살짝 볶아 잘게 부순다.

4 삶아 둔 생면과 비건 치즈를 팬에 넣고 잘 섞이도록 버무린다.

5 파스타를 그릇에 담은 후 이탈리안 파슬리, 산초 피클, 붉은 건고추를 토핑으로 올린다.

6 올리브 오일을 한 바퀴 두르고 후추를 갈아 뿌리면 완성이다.

비건 치즈 샐러드

비건 치즈만 있으면 샐러드 만들기는 정말 간단하다. 비건 치즈를 숭덩숭덩 썰어 토마토와 가볍게 섞기만 하면 샐러드 한 그릇 완성! 치즈에 블랙 올리브나 그린 올리브를 곁들여도 좋고, 감이나 무화과처럼 달큰한 과일을 곁들여도 근사하다. 어떤 재료와도 잘 어울린다.

04

기후 위기와 밥상

비건 치킨 강정

춘천에서 열린 '기후 위기에 따른 비건 밥상 릴레이' 행사의 첫 번째 주자로 참여했다. 목사님, 신부님이 함께한 다양한 종교가 화합하는 자리이자 평범한 사람들이 주축이 된 뜻깊은 행사였다. 식재료를 다듬고 준비하는 몇몇 분들은 평소에도 함께 건강한 먹을거리를 고민해 온 분들이라서 농약과 비료, 유전자 재조합 식재료의 위험성을 누구보다 잘 알고 계셨다.

음식을 기다리던 사람들에게 비건 치킨 강정을 내놓으니 눈이 동그래졌다. 채식은 단조로울 거라고 생각했는데 새로운 메뉴가 나타나니 반가운 얼굴이 었다.

기후 위기는 인간의 삶만이 아니라 함께 살아가는 모든 생명에게 영향을 준다. 우리가 먹는 한 끼 밥상은 그 자체로 생명을 해치지 않는 선택이 될 수도, 누군가의 생명을 앗아가는 결과가 될 수도 있다.

부처님께서는 《법구경》에서 "모든 존재는 폭력을 두려워하고 죽음을 두려워한다. 자신과 같다고 생각하여, 살생하지 말고 폭력을 가하지 말라"고 하셨다. 밥상은 생명을 살리는 것 이어야 한다.

토종 씨앗을 심고, 생명을 해치지 않는 식재료를 쓰는 것은 단순히 옛것을 지키는 일이 아니라 생명과 공존하는 수행의 한 방식이다. 물론 모두가 채식을 선택하지는 않는다. 다만 육식을 하더라도 동물복지 축산물을 고르거나, 필요 이상의 소비를 줄이는 것만으로도 생명을 아끼는 마음을 충분히 담을 수 있다.

중요한 것은 무엇을 먹느냐보다 어떤 마음으로 선택하고 감사히 먹느냐다.

비건 치킨 강정

재료(2~3인분)

우리 밀 1/2컵
감자 전분 1/2컵
느타리버섯 1컵
꼬마새송이버섯 1컵
브로콜리 1/2컵
당근 1/2컵
소금 약간
기름 약간

소스 재료

조청 3큰술
간장 2큰술
후추 약간

만드는 법

1. 느타리버섯과 꼬마새송이버섯, 브로콜리, 당근을 잘게 다진다.
2. 다진 버섯과 채소를 그릇에 넣고 섞는다.
3. ❷에 우리 밀, 감자 전분, 소금을 넣고 잘 섞어 반죽한다.
4. 치킨 강정 크기로 동그랗게 빚는다.
5. 기름에 반죽을 튀긴 후 체에 건져 기름을 뺀다.
6. 한 번 더 튀겨 바삭하게 완성한다.
7. 팬에 조청, 간장, 후추를 넣고 바글바글 끓여 소스를 만든다.
8. ❼에 두 번 튀긴 튀김을 넣고 소스와 잘 섞는다.

05

서양식 육수 소스는 양배추로 만들면 딱!

비건 데미글라스 소스 | 두부 스크램블 덮밥

독감을 지독하게 앓은 진엽 스님은 그런 지경에도 파랑이와 오페라 산책을 한 번도 빼먹지 않았다. 아파서 일어나지도 못하면서 산책 시간만 되면 벌떡 일어났다. 아이들도 진엽 스님이 누워 있으면 스님이 일어날 때까지 꼼짝도 하지 않고 함께 누워 있는다.

입맛이 없을 것 같아서 냉동해 뒀던 두부로 스크램블 덮밥을 만들기로 했다. 그러려면 소스가 있어야 한다. 우리나라에서 돈가스나 튀김에 얹어 먹는 데미글라스demiglace는 서양 요리의 기본 소스로 육수를 졸여서 만든다. 비건 데미글라스는 양배추로 만든다. 양배추가 없으면 무를 사용해도 되고, 일반 가정에서는 양파를 사용하면 좋다.

비건 데미글라스를 이용한 달걀 없는 두부 스크램블 덮밥은 영락없이 쇠고기덮밥, 제육덮밥처럼 보이고, 더 맛있다. 식감이 보들보들해서 아이들부터 어르신까지 모두 좋아한다. 입맛 없었던 진엽 스님도 엄지척!

비건 데미글라스 소스

 **재료**(2인분)

양배추(가늘게 채를 쳐서
　1컵 분량을 만든다)
코코넛 오일 1큰술
기름 1큰술(현미유 등)
토마토 페이스트 2큰술
간장 1/2큰술(또는 비건
　피시 소스)
발사믹 식초 1작은술
채수 또는 물 100mL

 **만드는 법**

1 팬에 코코넛 오일과 기름을 넣고 약불에서 녹인다.
2 채 썬 양배추를 넣고 중약불에서 천천히 볶아 단맛을
　충분히 끌어낸다(최소 7~10분).
3 ❷에 토마토 페이스트를 넣고 함께 볶아 산미를 날
　린다.
4 ❸에 간장, 발사믹 식초를 넣고 섞은 뒤 채수 또는 물
　을 붓는다.
5 약불에서 3~5분간 조리해서 원하는 농도까지 졸인다.

TIP 양배추의 단맛이 충분하지 않으면 조청 1/2작은술을 넣는다.

두부 스크램블 덮밥

 **재료**(2인분)

해동한 두부 1모
간장 1큰술
설탕 1/2작은술(선택)
따뜻한 밥 2공기
소금 약간
후추 약간
통깨와 참기름 약간(선택)
비건 데미글라스 소스 약간

만드는 법

1 냉동된 두부를 해동한 뒤 손이나 면포로 물기를 꼭 짠다.

2 달군 팬에 두부를 넣고 주걱으로 으깨며 중약불에서 볶는다.

3 두부가 포슬포슬해지면 간장, 소금, 후추로 간을 맞춘다.

4 ❸에 설탕 1/2작은술을 넣으면 맛이 한층 깊어진다.

5 따뜻한 밥 위에 두부 스크램블을 올린다.

6 기호에 따라 참기름 한 방울, 통깨를 뿌리면 고소함이 더해진다.

7 비건 데미글라스 소스를 살짝 둘러 주면 더욱 진한 맛을 즐길 수 있다.

TIP 다진 마늘을 약간 추가하면 깊은 맛이 난다.

06

발효 음식은 준비가 되었을 때,
천천히, 자신의 속도로

템페 │ 발효 소스 4가지 │ 템버거

막연히 어렵다고 생각했던 발효에 대해 알려 주기 위해서 발효미학 수업 시간에 템페tempeh를 만들었다. 발효에 대해서 배우는 시간이니 콩비지찌개도 만들었는데 처음 먹어 본다는 수강생이 있어서 콩비지 띄우는 법도 공부했다.

템페는 인도네시아의 전통 발효 식품으로 특유의 꾸덕한 질감 덕분에 고기 대체식으로 많이 사용한다. 같은 발효식이지만 청국장은 맛이 진하고 부드럽고, 템페는 고소한 견과류 같은 향이 나고 씹는 맛이 살아 있다.

템페는 콩을 삶아 낸 뒤 리조푸스 올리고스포루스Rhizopus oligosporus라는 곰팡이균으로 발효시켜 만든다. 발효 음식은 서두르지 않고 기다려야 한다. 발효 음식은 '느림의 미학'이다. 하얀 균사로 단단히 뭉쳐진 템페는 고소하면서도 깊은 단맛이 있고, 구워도 부서지지 않아 반찬이나 샐러드, 샌드위치 속 재료로 다양하게 쓰인다.

최근에는 템페 반미(베트남식 바게트 샌드위치)로 템페를 접하는 사람들이 많다. 단백질을 챙겨 먹는 사람들에게 템페는 고기 없이 몸을 만드는 고마운 음식이다. 소화가 쉬워 장에 부담이 없는 것도 장점이다. 템페는 두부처럼 구워서도 먹고, 튀겨서 강정을 만들어서도 먹는다. 템페에 간장 양념을 얹어서 밥반찬으로 먹기도 한다.

청차조와 퀴노아로 템페를 만든 적도 있다. 콩 대신 현미를 발효시켜 만든 현미 템페를 구우니 고기를 구운 것처럼 고소하고 깊은 맛이 났다. 소스는 보리 조청과 누룩 간장을 섞고, 텃밭에서 딴 깻잎 몇 장과 후추를 더해 마무리했다. 발효는 막연히 어렵다고 생각하지만 차근차근 시도해 보면 생각보다 단순하고 자연스럽다.

물론 처음 접하는 사람들에게 곡물로 템페 만들기는 낯설고 어렵다. 그래서 곡물로 템페를 만들 때에는 만드는 법보다 만드는 과정의 느낌을 함께 나누려 한다. 요리에 익숙하지 않아도 괜찮다. 느낌을 나누는 것만으로도 이미 좋은 시작이다.

언젠가 준비가 되었을 때, 천천히, 자신의 속도로 한번쯤 시도해 보고 싶은 마음이 들기를 바란다.

템페로 만든 햄버거를 템버거라고 부르기로 했다. 템버거는 크게 만들 수도 있고, 한입 크기의 미니 템버거로 만들 수도 있다. 버터와 치즈 대신 템버거에 사용할 4가지 비건 발효 소스도 만들었다. 4가지 소스 모두 버터보다 부드럽고, 치즈보다 더 치즈 같은 풍미가 느껴진다. 텃밭에서 딴 채소를 차례로 올리고 그 위에 구운 템페를 얹으면 템버거가 완성된다. 보통은 템페를 패티로 쓰지만 템페를 아예 빵으로 활용해도 된다. 수강생들에게 마음대로 만들어 보라고 했더니 독특한 템버거가 여럿 탄생했다.

템페

 **재료**

건대두(노란 메주콩) 500g
템페 스타터 1g(리조푸스 올리고스포루스 균, 온라인에서 구입 가능하다)
식초 약 2큰술(산도 조절용)
유리 용기(처음 만든다면 비닐봉지나 지퍼백을 추천한다. 공기 구멍 뚫기가 가능해야 한다)

만드는 법

1 건대두를 깨끗이 씻은 후 12시간 이상 불린다.
2 불린 콩을 30분 정도 삶는다(속이 거의 익을 정도로).
3 삶은 콩의 껍질을 벗긴다. 껍질을 일일이 벗기는 것이 번거로우면 손으로 비빈 후 헹구면 된다. 껍질을 벗기며 인내심 테스트를 해 볼 수 있다.
4 콩을 체에 밭쳐 물기를 최대한 제거한다. 수분이 많으면 곰팡이가 아니라 다른 유해 균이 생긴다.
5 콩에 식초를 섞어 약간 산성화시킨다.

6 뜨거우면 균이 죽으니 콩이 미지근하게 식으면 템페 스타터 1g을 넣고 골고루 섞는다.

7 비닐봉지에 콩을 2~3cm 두께로 평평하게 넣고, 구멍을 송송 뚫는다. 숨을 쉴 수 있게 해야 발효가 잘된다. 너무 두껍게 담지 않는 것이 중요하다.

8 발효 적정 온도는 30~32도다. 28도에서도 가능하나 발효 속도가 느려져 48시간 이상 걸릴 수 있다. 따뜻한 이불 속, 전기장판 등을 활용해도 된다. 하루가 지나면 흰 곰팡이가 올라온다. 완성된 템페의 모습은 하얀 균사체가 콩을 단단하게 덮고 있는 것이다. 이틀이 지나면 단단한 판처럼 뭉쳐진다. 지속적인 따뜻함, 공기 순환이 가능한 상태로 만들어 주는 게 좋다.

발효 소스 4가지

🍽 4가지 발효 소스 만드는 법

- 발효 완두콩 소스는 발효된 완두콩에 물을 넣고 갈아서 만든다.
- 메주콩으로 만든 발효콩 치즈 페이스트는 발효된 완두콩, 소금에 물을 넣고 갈아서 만든다.
- 발효 콩이 없으면 병아리콩 템페에 물을 넣고 갈아서 만든다.
- 두루두루 잘 쓰는 비건 블루치즈 소스 만들기도 쉽다. 병아리콩 템페 100g, 발효 콩비지 1/3컵, 채수 또는 물 1/4컵, 레몬즙 1/2작은술(없으면 생략 가능), 된장 1/2작은술(선택), 소금 약간, 후추 약간, 올리브 오일 1큰술을 넣고 잘 섞어 주면 된다.

텀버거

재료(2인분)

템페 280g
기름 약간
소금, 후추, 파슬리 가루 약간씩
토마토 1개(슬라이스)
상추 2장
양파 1/4개(슬라이스)
오이 1/4개 (슬라이스)
홀그레인 머스터드 2작은술
발효 소스 약간

만드는 법

1 팬에 기름을 두르는 둥 마는 둥 한 후 약불에서 자른 템페를 양면이 노릇해질 때까지 굽는다.

2 템페 위에 소금, 후추, 파슬리 가루를 솔솔 뿌린다.

3 템페의 안쪽 면에 발효 소스를 바른다.

4 토마토, 상추, 양파, 오이, 홀그레인 머스터드 순으로 차곡차곡 올린 후 템페로 덮으면 텀버거 완성.

07

채식의 든든함

현미 누룽지와 누룽지탕 | 바사삭 발효 덮밥

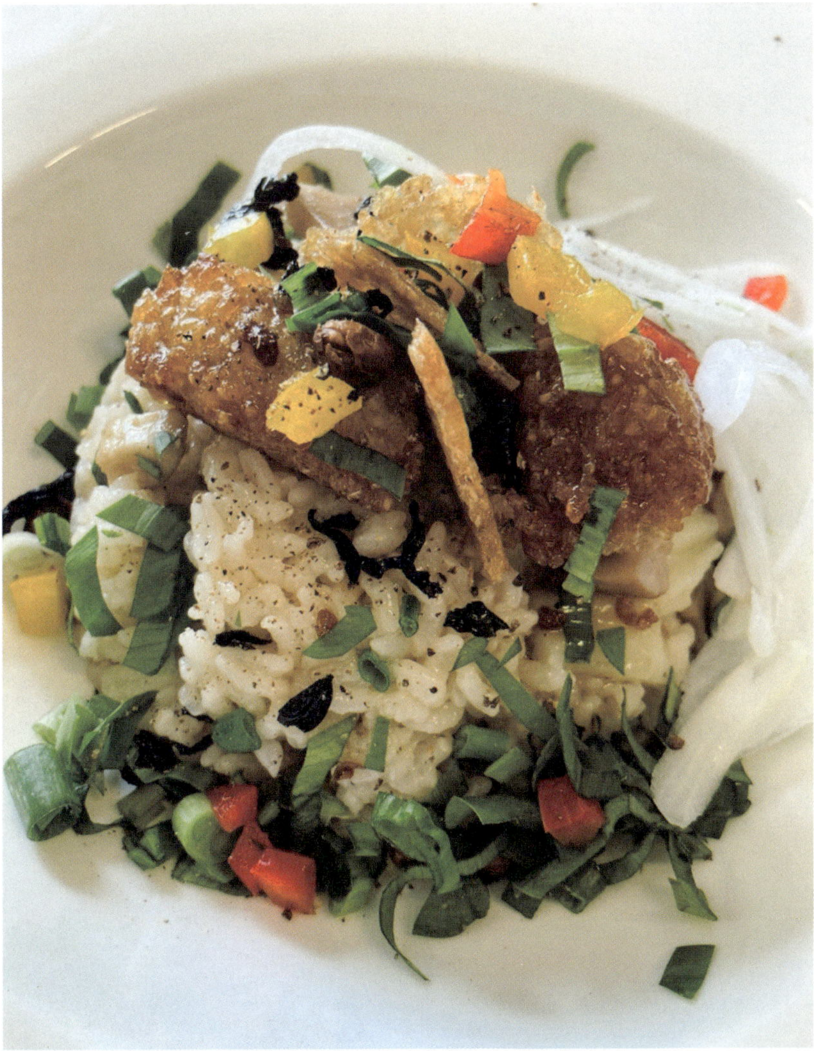

《규합총서》,《정조지》 등의 고문헌을 바탕으로 전통 음식 자료를 찾는다. 평소에 미래 음식을 연구한다는 청년들을 자주 만났는데 어느 날 발효를 본격적으로 배우고 싶다고 했다. 그렇게 함께 연구하고 실험하기를 지금까지 이어 오고 있다.

함께 쌀, 보리, 귀리, 현미, 흑미 등을 발효시켜 시간에 따라 어떤 맛과 향이 나는지 세세하게 연구했다. 그렇게 함께 실험을 거듭하던 중에 혈기왕성한 그들에게 채식의 든든함을 알게 해 주고 싶었다. 그래서 발효 콩, 현미 템페, 현미 누룽지로 바사삭 발효 덮밥을 만들어 주었다. 처음 먹어 보는 맛일 텐데 발효 콩의 바삭한 식감을 느낄 수 있을까?

"스님, 발효 콩은 고기와 맛이 닮았어요."

흔한 표현이라고 멋쩍어하면서 입안에서 축제가 펼쳐지는 느낌이라고 했다. 콩이 아닌 현미로 만든 템페라 부드럽고 상큼한 향이 났을 것이다. 요리는 자연 속에서 자란 수확물들을 조심스레 만지면서 소중함을 느끼고, 식재료를 하나하나 만지면서 자신만의 철학을 만들어 가는 것이다.

발효 콩은 청국장을 말린 것이 아니라 이화주(배꽃이 필 무렵에 빚는 술) 만들 때 사용하는 이화곡 만드는 방법과 비슷하다. 이화곡은 생쌀로 만드는 생쌀 누룩이고, 발효 콩은 쪄서 익힌 콩으로 만든다. 발효 콩이 없으면 청국장을 말려 놓은 제품을 대신 사용해도 된다.

현미 누룽지와 누룽지탕

 **재료**
  현미
  물

🍽 만드는 법

1 현미를 6~8시간 이상 불린 후 물을 자작하게 맞춰서 냄비에 밥을 짓는다.

2 밥이 다 되면 뚜껑을 열지 말고 약불에서 5~10분 정도 더 가열한다.

3 바닥이 살짝 타는 듯한 고소한 냄새가 나면 불을 끄고 5분간 뜸을 들인다.

4 밥을 덜어 낸 후 바닥에 눌어붙은 현미 누룽지를 그대로 말려 보관한다.

5 물을 부어 끓이면 구수한 누룽지탕이 된다.

TIP 남은 현미밥으로도 누룽지를 만들 수 있다. 남은 현미밥과 프라이팬만 있으면 된다. 프라이팬을 중약불로 예열한 후 밥을 1~2mm 두께로 펼쳐서 숟가락이나 주걱으로 꾹꾹 눌러 줘야 바삭해진다. 다시 약불에서 10~15분 동안 굽는다. 탈 수 있으니 중간에 확인한다. 색이 노릇해지고 바삭한 소리가 나면 뒤집어서 5~10분 정도 더 구우면 완성이다. 밀폐 용기에 넣어 두면 간식처럼 먹거나 누룽지탕으로 활용할 수 있다.

바사삭 발효 덮밥

재료(2~3인분)

쌀 1컵, 감자 1개, 연근 1/2개, 발효 콩 1/2컵(이화곡 방식으로 익혀 발효한 콩), 현미 템페 1/2컵
(현미로 만든 인도네시아 전통 방식의 템페, 병아리콩 템페 등으로 대체 가능), 현미 누룽지 1/2컵,
간장 2큰술, 조청 또는 매실청 1큰술, 다진 파 1큰술(선택), 다진 마늘 1/2큰술(선택), 참기름 1
큰술, 통깨 1작은술

1 쌀을 깨끗이 씻어 30분 정도 불린다.

2 솥에 불린 쌀을 넣고 물을 일반 밥 짓기보다 약간 적게 맞춘다.

3 쌀 위에 감자와 연근을 올린 후 뚜껑을 닫고 밥을 짓는다. 압력 밥솥으로 짓는다면 약
불에서 천천히 짓는다.

4 간장, 조청(또는 매실청), 다진 파, 다진 마늘, 참기름, 통깨를 섞어 양념장을 만든다.

5 밥이 다 지어지면 감자와 연근이 부서지지 않도록 조심스럽게 섞는다.

6 ❺를 그릇에 담고 발효 콩, 현미 템페, 현미 누룽지를 올린다.

7 양념장을 곁들여 완성한다.

08

고해성사하는 비건 수업

망고 볶음밥 | 발효 코코넛 밀크 파스타와 된장을 넣은 파스타

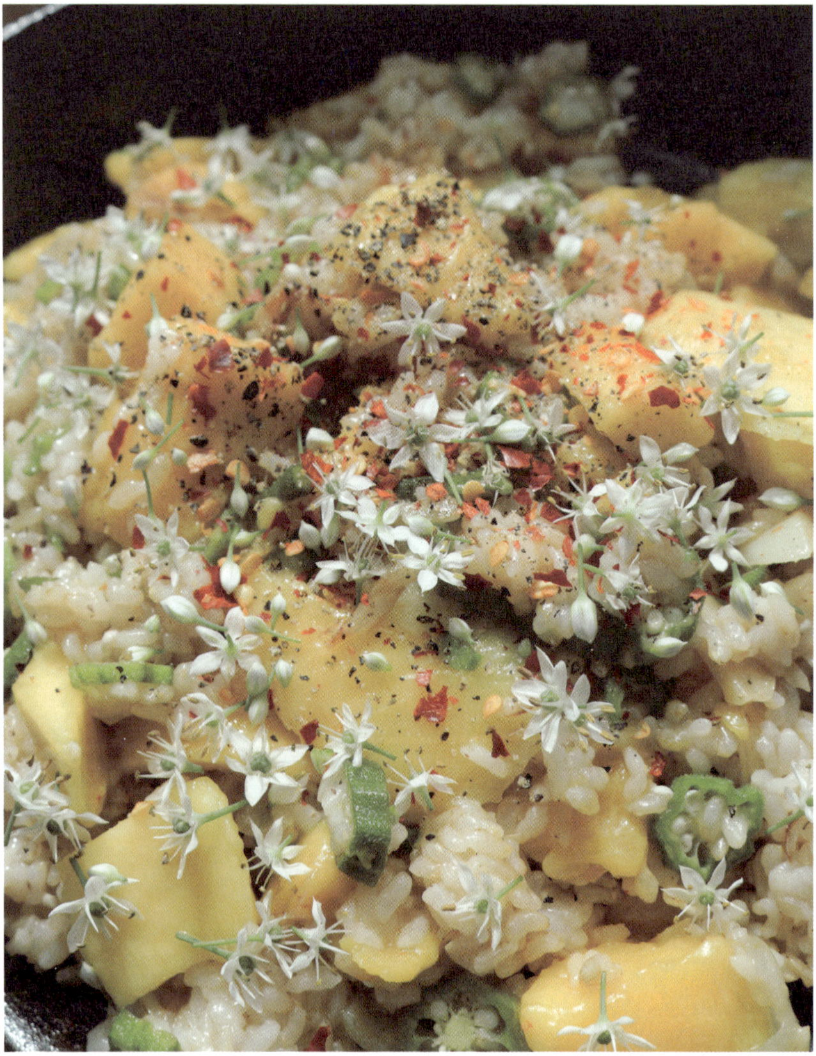

초보자들의 비건 수업 문의가 많다. 요리를 해 본 적 없는 사람들과 수업을 하는 게 쉽지 않다. 하지만 건강하고 맛있는 비건의 세계를 알리면서 식탁 위 농장 동물들에 대해 상기시켜 주는 것도 좋을 것 같아서 하루 수업(원데이 클래스)을 하곤 한다.

비가 주룩주룩 내리더니 금세 해가 났다. 서먹함도 없애고 나물도 알려 줄 겸 시골길을 짧게 걸었다. 수강생들은 눈에 띄게 예쁜 부추꽃을 조심스레 따며 신기해했다.

한 수강생이 함께 먹으려고 망고를 가지고 왔는데 얼마나 신지 레몬인 줄 알았다. 마침 오크라(모양이 손가락 모양과 비슷한 채소로 레이디핑거라고도 불린다)가 있어서 망고를 썰어 넣고 웰컴 푸드로 망고볶음밥을 만들었다. 웰컴 푸드는 손님을 맞이할 때 가장 먼저 내어 놓는 작고 정갈한 음식이다. 정식 수업 전에 새로운 음식을 맛보고 즐거워하는 사람들의 모습이 좋다. 이번 웰컴 푸드에는 산책길에서 따온 부추꽃으로 데코를 했다.

오신 분들과 많은 이야기를 나누었는데 수강생들은 한결같이 요리 재료에 미안한 마음을 이야기했다. 송아지 눈망울이 생각나서 고기를 못 먹겠다는 사람, 목숨을 걸고 탈피하는 대게 영상을 보고 한동안 아무것도 할 수 없었다는 사람⋯. 몰라서 등한시했고, 알면서도 행동하지 않아서 동물들에게 미안하다고 했다. 고해성사 같았다.

망고 볶음밥

재료(2인분)

밥 2공기(고슬고슬한 밥 추천), 망고 1개(덜 익어서 신맛 나는 망고도 가능), 오크라 5~6개, 양파 1/4개(선택), 마늘 1쪽(선택), 기름 1큰술, 코코넛 오일 1큰술, 간장 1큰술, 소금 약간, 후추 약간, 설탕 1작은술(망고가 너무 시면 추가한다), 부추꽃 약간(부추나 고수로 대체 가능)

만드는 법

1 망고 껍질을 벗기고 먹기 좋은 크기로 썬다.

2 오크라는 꼭지를 제거하고 깨끗하게 씻어 얇게 썬다.

3 양파와 마늘은 잘게 다진다.

4 팬에 기름 1큰술을 두르고 다진 마늘과 다진 양파를 넣어 향이 올라올 때까지 볶는다.

5 ❹에 오크라를 넣고 1~2분 정도 볶는다.

6 ❺에 밥을 넣고 코코넛 오일 1큰술을 추가해 고루 섞으면서 볶는다. 간장 1큰술과 소금, 후추를 넣어 간을 맞춘다.

7 마지막으로 썰어 둔 망고를 넣고 가볍게 섞으며 30초 정도 볶는다.

8 기호에 따라 설탕 1작은술을 추가해 단맛을 조절한다.

9 볶음밥을 접시에 담고 부추꽃을 차르륵 뿌려 장식한다.

오크라

발효 코코넛 밀크 파스타와 된장을 넣은 파스타

재료(4인분)

푸실리 또는 스파게티 면 400g(글루텐 프리 녹두 파스타 또는 일반 스파게티), 발효 코코넛 밀크 1컵, 된장 2작은술, 이탈리안 파슬리, 고수, 차이브(허브의 일종) 등

* **푸실리** 나선 모양의 파스타

🍽 발효 코코넛 밀크 파스타
　　만드는 법

1 끓는 물에 푸실리 면을 넣고 알맞게 삶
　은 후 건진다.
2 팬을 달군 후 푸실리 면과 발효 코코넛
　밀크를 넣는다.
3 부드럽게 섞으며 조리한다.
4 그릇에 옮기고 이탈리안 파슬리, 고수,
　차이브 등을 뿌린다.

🍽 발효 코코넛 밀크에 된장을 넣은
　　파스타 만드는 법

1 끓는 물에 푸실리 면을 넣고 알맞게 삶
　은 후 건진다.
2 팬을 달군 후 푸실리 면, 발효 코코넛
　밀크, 된장을 넣는다.
3 된장이 잘 풀리도록 섞으며 조리한다.
4 그릇에 옮기고 이탈리안 파슬리, 고수,
　차이브 등을 뿌린다.

TIP 발효 코코넛 밀크 파스타는 고소하고 깔끔한 맛이고, 된장을 추가한 파스타는 감칠맛이
풍부하고 대중적인 맛이다.

✔ **파스타**
밀가루 반죽으로 만든 모든 이탈리아 면 요리. 스파게티, 펜네, 라자냐, 푸실리 등 전부
파스타에 포함된다. 파스타는 종류가 많고, 스파게티는 그중 하나다.

✔ **스파게티**
파스타 종류 중 하나로 길고 가느다란 면이다. 한국에서 가장 흔히 먹는 파스타다.

09

정성은 넣고 탐욕을 빼면
사찰 음식이다

사찰 음식은 특별하지 않다. 그저 절에서 스님들이 먹는 음식이다.

굳이 특별함을 찾는다면 음식을 준비하는 이의 마음가짐에 있다.

채소를 다듬고 쌀을 씻는 일이 모두 수행이다.

재료를 준비하는 그 순간에도 욕심이 들어앉을 틈이 없어야 한다.

먹을 만큼의 반찬을 만들고, 필요한 만큼의 식재료만 취한다.

절에서 반찬을 만드는 일을 맡은 채공 스님들은 내가 만든 음식이 대중에게 약이 되기를 바라는 마음으로 재료를 다듬고 음식을 만든다.

엄마가 해 주던 음식에서 파, 마늘, 젓갈, 생선, 고기를 제외하면 그것이 곧 사찰 음식이다.

배우러 오는 이들에게는 음식을 담는 모양도 화려하지 않고 정갈하고 곱게 하라고 알린다.

스님은 삶을 단순하게 정리해 가려고 하지만 사회에서 사는 사람들은 사는 방식이 다르기 때문이다.

요리의 모든 과정에 정성은 더하고 탐욕은 덜어 낸다.

그러면 그것이 사찰 음식이다.

피시 소스가 비건이라니 까르르~

꽃과 구운 애호박 | 비건 피시 소스 | 비건 피시 소스 파스타

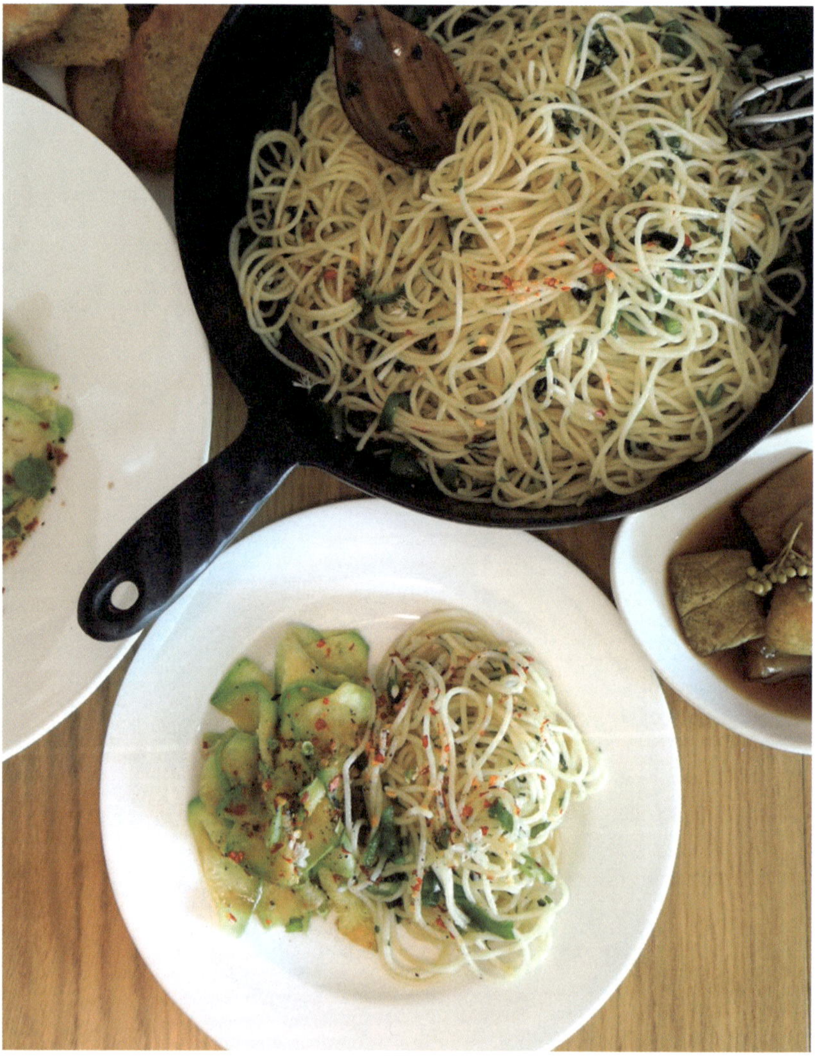

텃밭에 애호박이 주렁주렁 열리고, 텃밭 가는 길에는 가지꽃, 비비추꽃, 바질꽃, 부추꽃이 한창이다. 풀 위에 떨어진 칡꽃까지 조심조심 챙겼다. 챙긴 재료들로 꽃을 곁들인 구운 애호박 요리와 비건 피시 소스 파스타를 만들 준비를 한다.

피시 소스는 생선을 소금에 절여 발효해 만든 액젓이다. 그런데 비건 피시 소스 파스타를 만들 거라고 하니 수강생들이 까르르 웃는다. 내가 생각해도 웃기다. 어울리는 요리 이름이 떠오르면 바꿔야겠다.

발효된 비건 피시 소스를 직접 만들어 사용하려면 발효 시간이 오래 걸려서 초보자들에게는 까다로울 수 있다. 그래서 채수를 활용해 간단하게 응용할 수 있는 방법으로 만든다. 채수를 진하게 우린 다음 짠맛(간장, 소금), 단맛(조청, 매실청), 산미(식초, 레몬즙)를 더하면 거의 어떤 요리에도 활용할 수 있는 식물성 만능 베이스가 된다.

꽃과 구운 애호박

재료

애호박 1개
식용 꽃 약간
페페론치노 약간(이탈리아 고추)
바질(없으면 생략)
발사믹 식초 1작은술
후추, 소금, 기름 약간씩

만드는 법

1 애호박을 양배추칼(양배추를 채치기 좋게 만든 칼)을 이용해 넓적하고 얇게 썬다.
2 팬에 기름을 두른 후 얇게 썬 애호박을 넣고 젓가락으로 살살 뒤적여 가며 노릇하게 익을 때까지 볶는다.
3 소금으로 간을 맞춘다.
4 그릇에 볶은 애호박을 담고 매콤한 페페론치노를 '뿌셔뿌셔' 해서 올리고 후추를 갈아 얹는다.
5 그 위에 바질이나 식용 꽃을 올린 후 발사믹 식초를 한 바퀴 돌리면서 마무리한다.

비건 피시 소스

재료

채수 재료[물 1L, 표고버섯, 느타리
버섯 한 줌, 다시마 큰 것 1장, 양파
껍질, 대파 뿌리, 당근 등(선택)]
소금 2큰술
된장 약간

만드는 법

1 채수 재료를 다 넣고 약불에서 30분 정도
끓인다.
2 채수를 200mL 정도로 졸인다.
3 소금 2큰술을 넣는다.
4 필요하면 된장을 아주아주 조금 넣어도 된다.

비건 피시 소스 파스타

 **재료(2인분)**

스파게티 면 160g

굵은 소금 1큰술

풋고추 1~2개

깻잎 2장

올리브 오일 2큰술

비건 피시 소스 3큰술

후추 약간

만드는 법

1 끓는 물에 굵은 소금을 약간 넣고 스파게티 면을 삶는다.

2 면은 체에 밭쳐 물기를 뺀다.

3 팬을 달군 후 올리브 오일을 두르고 깻잎과 다진 풋고추를 넣고 볶는다.

4 비건 피시 소스로 간을 맞춘다.

5 삶아 둔 스파게티 면을 팬에 넣고 함께 볶는다. 소스가 잘 배도록 섞으면서 볶는다.

6 완성된 파스타를 접시에 담아 깻잎을 올려 장식하고, 취향에 따라 후추를 뿌려 마무리한다.

열무김치에는 보리밥과 강된장이 짝꿍

꽁보리밥 | 강된장 | 열무김치

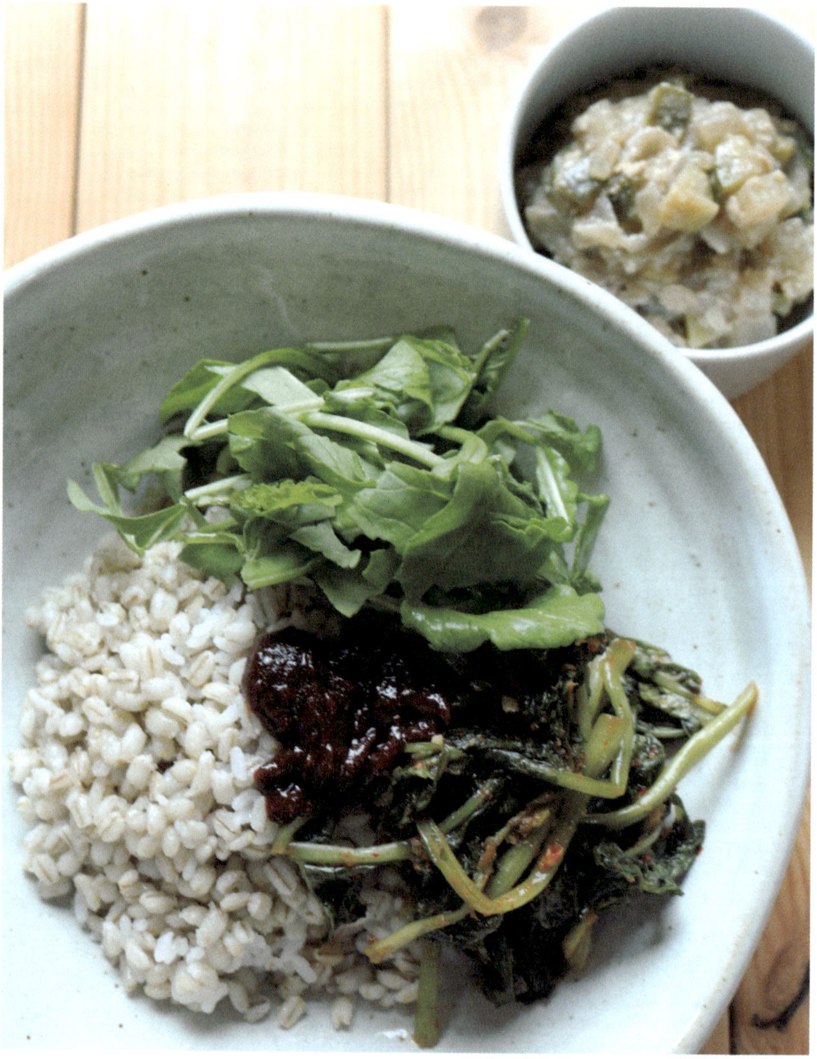

텃밭에 열무 씨앗을 뿌린 후 싹이 올라오는가 싶었는데 김치를 담가도 될 정도로 자랐다. 씨앗이 햇빛을 받고 빗물이 스며들어 이만큼 자라난 모습이 기특하다. 햇빛, 바람, 비가 고맙다. 열무김치 담그고 나니 보리밥을 해야겠다는 의식의 흐름. 열무김치와 보리밥, 강된장이면 충분하다. 보리밥에 참기름 조르륵 부어서 쓱쓱 비비다가 강된장 넣기.

애호박과 무 듬뿍 넣고 빡빡하게 끓인 강된장은 여름철 달아난 입맛을 돌아오게 한다. 쌀을 조금만 넣고 꽁보리밥을 지었다. 열무 아래 뿌려 둔 루꼴라도 꽤 자라서 비빔밥에 넣으려고 접시에 담았는데 열무랑 루꼴라가 헷갈린다. 열무가 루꼴라 같고 루꼴라가 열무 같다. 텃밭에 이름표 적어 놓지 않은 게 후회가 된다. 꼼꼼한 진엽 스님이 이름표 적어 놓으라고 할 때 말을 들었어야 했다.

재료(2인분)

쌀 1컵(180mL)
찰보리쌀 또는 보리쌀 1/2컵
물 1.5~1.7컵(불린 시간에 따
라 물을 조절한다)

만드는 법

1 쌀과 보리쌀을 깨끗하게 여러 번 씻는다.
2 쌀은 30분, 보리쌀은 3시간 이상 따로 불린다.
3 불린 쌀과 불린 보리쌀을 체에 밭친 후 물기를 빼고 냄비나 전기밥솥에 넣는다.
4 물을 1.5~1.7컵 정도 넣는다. 촉촉하게 하려면 1.7컵, 고슬고슬하게 하려면 1.5컵을 넣는다.
5 냄비는 센 불로 하다가 끓으면 중약불에서 10분, 약불에서 5분, 뜸 10분 순으로 밥을 짓는다. 전기밥솥은 일반 백미 취사 기능으로 하면 된다.
6 밥을 다 지은 후 10분 정도 뜸을 들이면 더 고소하고 찰지다. 주걱으로 고르게 섞는다.

강된장

재료(1~2인분)

애호박 1/3개
무 작은 것 1/4
표고버섯 2개
느타리버섯 반 줌
된장 2큰술(기호에 따라 가
감한다)
물 또는 채수 150~200mL

만드는 법

1 애호박과 무를 아주 잘게 썬다.
2 표고버섯, 느타리버섯이 있으면 함께 넣는다. 없으면 넣지 않아도 된다.
3 뚝배기나 작은 솥에 손질한 재료를 넣고 물 또는 채수를 약간 넣은 다음 가장 약한 불에서 끓인다. 수분이 많이 빠져나오는 무를 많이 넣는다.
4 잘박잘박해지면 된장을 풀어 넣어 섞는다.

 **재료**(2인분, 작은 반찬통 한 통 정도 분량)

햇열무 1단(약 400~500g), 쪽파 2~3줄기(생략 가능), 굵은 소금 1큰술, 물 1컵(절임용)

양념 재료

고춧가루 1.5큰술, 다진 마늘(선택), 다진 생강 약간, 전통 간장 또는 청장 1큰술, 매실청 1작은술(또는 설탕 약간), 찹쌀 풀 2큰술(또는 밥 1작은술 으깨서 사용), 물 약간(양념이 너무 되면 물을 2~3큰술 정도 넣는다)

만드는 법

1 열무는 지저분한 겉잎을 떼고, 뿌리는 살짝 긁어내듯 정리한다. 흐르는 물에 깨끗이 씻은 뒤 4~5cm 길이로 자른다.

2 열무에 굵은 소금 1큰술, 물 1컵을 넣어 30분 정도 절인다. 중간에 한두 번 뒤적인다. 너무 오래 절이면 안 되고 살짝 숨이 죽을 정도가 좋다.

3 절인 열무는 찬물에 한 번 헹군 뒤 체에 밭쳐 물기를 뺀다.

4 양념은 고춧가루, 다진 마늘, 다진 생강, 전통 간장 또는 청장 , 매실청, 찹쌀 풀을 섞어서 만든다. 너무 되직하면 물 2~3큰술을 넣고 풀어 준다.

5 큰 그릇에 열무를 넣고 양념을 넣은 다음 조물조물 무친다. 쪽파가 있으면 함께 썰어 넣어도 좋다.

6 실온에서 하루 정도 숙성시킨 후 냉장 보관한다. 햇열무는 하루 이틀만 지나도 새콤하게 맛있게 익는다.

재료가 간단하다고 그저 그런 요리가 아니다

애호박 고명 | 애호박 고명 국수 | 애호박 고명 밥

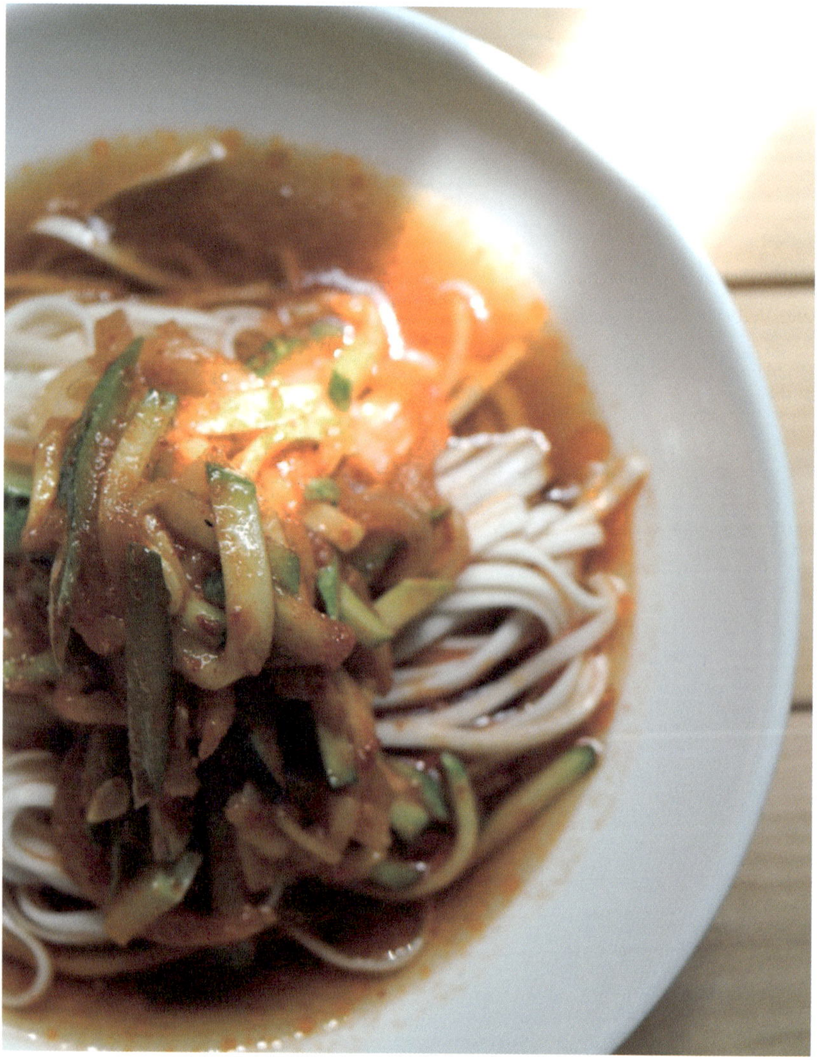

어린 시절 여름방학이면 꼭 할머니 집에 갔다. 할머니는 뒤껼에서 자라는 둥근 호박 한 덩이로 맛있는 잔치국수를 만들어 주셨다. 재료는 호박, 양념은 전통 간장과 굵은 소금, 고춧가루, 참기름과 깨소금이 전부였다. 고명이 듬뿍 올라간 국수 한 그릇의 맛은 지금도 생각이 난다. 같은 재료로 어느 날은 따뜻하게, 어느 날은 시원하게 만들어 주셨던 국수.

학교 마치고 친구들과 함께 집에 오면 엄마도 국수를 해 주셨다. 할머니가 해 주셨던 것처럼 고명이 듬뿍 올라간 국수였다. 할머니표, 엄마표 국수 모두에 들어가는 애호박 고명은 전통 간장(또는 청장)이 포인트다. 양념을 너무 졸이지 않고 잘박잘박한 호박 고명과 전통 간장 특유의 향과 맛이 중요하다.

여름철에 요리 수업을 할 때에는 웰컴 푸드가 애호박덮밥 또는 애호박국수다. 호박 고명의 맛이 추억의 음식을 통해 이야기보따리를 풀게 하기 때문이다. 재료가 간단하다고 해서 그저 그런 맛이 아니다. 간단한 재료와 양념이 어우러져 내는 소박함과 다정함이 있다.

애호박 고명

 **재료(1~2인분)**

애호박 1/2개

전통 간장(또는 청장) 1큰술

굵은 소금 1/2작은술

다진 마늘 1/2작은술(선택)

대파 약간(선택)

고춧가루 1작은술(기호에 따라 조절)

깨소금 1작은술

기름 약간

만드는 법

1 애호박을 반으로 갈라 얇게 썬다.

2 팬에 기름을 두르고 애호박을 넣고 살짝 볶는다.

3 ❷에 전통 간장, 굵은 소금, 다진 마늘, 대파를 넣고 볶다가 고춧가루를 넣고 섞어준다.

4 물이 자작하게 남을 때까지 볶는다.

5 불을 끄고 깨소금을 뿌리면 완성.

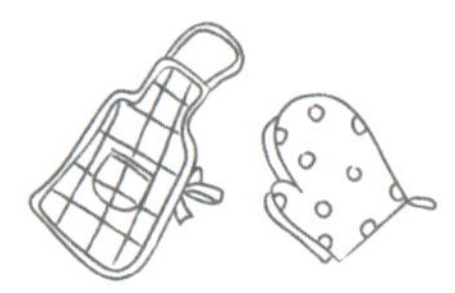

애호박 고명 국수

 **재료(2인분)**

소면 200g, 통깨, 채수(다시마, 꽁다리 채소, 대파), 애호박 고명 적당량, 전통 간장 약간, 대파 약간, 통깨 약간

만드는 법

1. **쫄깃하게 국수 삶기.** 냄비에 물을 넉넉히 넣고 끓인다. 물이 끓으면 소면을 넣고 젓가락으로 저어 가며 삶는다. 끓어오르면 찬물 1/2컵을 붓고, 다시 끓어오르면 한 번 더 찬물을 넣고 삶는다.
2. 국수를 찬물에 헹궈 전분기를 제거한 후 용기에 넣어 물기를 뺀다.
3. **채수 만들기.** 다시마, 꽁다리 채소, 대파를 넣고 10~15분 정도 끓인 후 체에 걸러낸다.
4. ❸에 간이 부족하면 전통 간장을 조금 추가한다.
5. 그릇에 국수를 담고 선택에 따라 뜨겁거나 차가운 채수를 붓는다.
6. ❺에 애호박 고명을 넉넉하게 올린다.
7. 기호에 따라 대파를 추가하고, 통깨를 살짝 뿌린다.
8. 국수 대신 밥에 올리면 애호박 고명 밥이 된다.

13

겉바속촉 비건 스테이크

비건 왕토란 스테이크 | 스테이크 소스

쪄서 으깬 왕토란에 건조시켜 둔 채소로 스테이크를 만들 수 있다. 토종 토란은 뮤신이 풍부해서 찰진 데 반해 왕토란은 덜 찰지기 때문에 건조 채소를 넣으면 풍미와 식감이 확 올라간다. 스테이크를 잘 구워서 접시에 담고 소스를 만들어 부어 주면 왕토란 스테이크 완성이다. 물기가 많으면 스테이크 모양이 무를 수 있으니 주의한다.

비건 왕토란 스테이크

 **재료(2~3인분)**

왕토란 1개
건조 채소(표고버섯,
　당근, 부추 등 기호에
　맞게 준비) 적당량
감자 전분 가루(또는
　찹쌀가루) 2큰술
소금 1/2작은술
후추 약간
기름 약간
스테이크 소스

만드는 법

1 왕토란을 껍질째 찐 후 뜨거울 때 껍질을 벗기고 으깬다.
2 건조 채소는 미리 물에 불려서 적당한 크기로 썬다.
3 으깬 왕토란에 불린 채소, 감자 전분, 소금, 후추를 넣고 골고루 섞는다.
4 반죽을 동글납작한 스테이크 모양으로 빚는다.
5 팬에 기름을 두르고 중약불에서 굽는다.
6 한쪽 면이 노릇해지면 뒤집어 가며 약불에서 천천히 익힌다. 바삭하면서 속이 촉촉해지도록 구워서 완성한다.
7 구운 왕토란 스테이크를 접시에 담는다.
8 따뜻한 스테이크 소스를 위에 골고루 뿌린다.

TIP 겉바속촉 식감을 원한다면 팬에 굽기 전에 스테이크에 전분 가루를 살짝 묻힌다.

스테이크 소스

 **재료**

간장 2큰술, 물 3큰술
설탕 1큰술, 다진 마늘 1작은술
기름 1작은술, 식초 1작은술,
전분 물(전분 1/2작은술 + 물 1큰술)

만드는 법

1 팬에 간장, 물, 설탕, 다진 마늘, 기름을 넣고 약불에서 끓인다.

2 끓어오르면 전분 물을 넣고 걸쭉하게 만든 후 불을 끈다.

3 마지막에 식초를 넣고 섞는다(새콤한 맛을 싫어하면 생략한다).

62

14

우리말로 '채식 멸치 파스타'

병아리콩 템페 | 파스타 소스 | 비건 엔초비 파스타 | 블루치즈 파스타

비건 열풍이 불기 전부터 오랜 시간 함께해 온 발효미학 동지들이 있다, 황국균, 백국균, 라기(템페 만들 때 사용하는 종균) 등 여러 가지 종균의 비율을 달리해서 이렇게 저렇게 만들어 본다. 오랜 시간 함께 보아 온 사이라서 말없이 본인들이 할 일을 한다.

결과물이 나오면 우리들만의 이름을 붙이고 맛 평가도 꼼꼼하게 한다. 이번에 만든 병아리콩 템페는 선명한 잣의 향과 맛이 났다. 발효는 참 신기하다.

야심차게 만든 비건 블루치즈를 보면서 이렇게 멋진 요리는 제품으로 나와야 한다며 떠들썩했다. 그러면서 요리명이 '비건 엔초비 파스타'가 뭐냐며 한바탕 웃었다. 우리말로 하면 '채식 멸치 파스타'니까.

병아리콩 템페

 **재료**

병아리콩 500g, 식초 2큰술(레몬즙 가능), 템페 스타터 약 1g, 발효할 지퍼백 또는 통풍 가능한 용기(김 빠지는 구멍이 필요하니 지퍼백은 구멍을 송송 뚫어 둔다)

만드는 법

1 병아리콩을 깨끗이 씻은 뒤 넉넉한 물에 하룻밤(8~12시간) 불려 준다.

2 불린 병아리콩을 삶는다(30~40분). 콩이 무르지 않게 손가락으로 눌렀을 때 약간 부서질 정도로 삶는다.

3 손으로 비벼 가며 병아리콩의 껍질을 제거한다. 껍질이 많으면 발효가 잘 안 될 수 있지만 벗기지 않아도 발효는 된다.

4 채반에 펼쳐 물기를 최대한 제거한 뒤, 콩을 완전히 식힌다. 콩에 물기가 남아 있으면 곰팡이가 아닌 박테리아가 자라날 수 있다.

5 병아리콩을 큰 그릇에 옮겨 식초 또는 레몬즙 2큰술을 고루 뿌려 산도를 낮춘다. 곰팡이 발효를 도와준다.

6 템페 스타터 1g을 넣고 병아리콩과 고루 섞는다.

7 작은 구멍을 낸 지퍼백에 2~3cm 두께로 평평하게 눌러 담은 후 따뜻한 곳에서 발효시킨다. 24시간쯤 지나면 하얀 균사체가 콩 사이를 메우기 시작한다.

8 곰팡이가 콩을 단단하게 하나로 뭉치게 만들면 완성이다.

파스타 소스

 **재료**

엑스트라버진 올리브 오일 3큰술

간장 1큰술

다진 올리브 1큰술(블랙 또는 그린)

다진 케이퍼 1작은술(선택)

된장 1작은술

레몬즙 1작은술

다진 마늘 1작은술

다시마 우린 물 또는 채수 1큰술(선택)

만드는 법

1 소스 재료를 전부 섞으면 짭짤하고 깊은 감칠맛의 '비건 앤초비 페이스트'가 된다. 이렇게 만드는 것도 귀찮으면 앞에 나온 비건 피시 소스(50쪽 참조)를 사용한다.

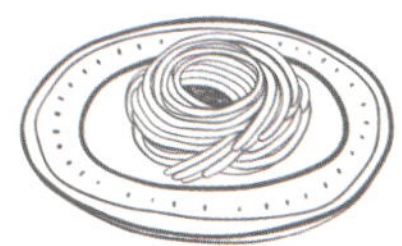

TIP 소스는 냉장 보관 가능하니 미리 만들어 둔다.

비건 엔초비 파스타

 **재료(2인분)**

스파게티 면 160~180g, 물 1.5L, 엑스트라버진 올리브 오일 2~3큰술, 마늘 2~3쪽 편썰기 또는 다지기(선택), 비건 엔초비 소스 2~3큰술(비건 피시 소스(55쪽 참조) 대체 가능), 페페론치노 또는 고춧가루 약간(선택), 파슬리, 후추 약간(토핑용), 소금 1큰술, 간장 약간, 레몬즙 약간

만드는 법

1 물 1.5L에 소금 1큰술을 넣고 끓인 뒤 스파게티 면을 삶는다. 직접 반죽을 해서 생면으로 만들어도 된다.

2 삶은 물 1/2컵은 덜어 두고 면은 체에 받쳐서 둔다.

3 팬에 엑스트라버진 올리브 오일 2~3큰술을 두르고, 마늘과 페페론치노를 약불에서 향이 날 때까지 볶는다.

4 불을 약간 줄이고 준비한 비건 엔초비 소스 2~3큰술 정도 넣어 섞는다.

5 ❹에 삶은 스파게티 면을 넣고 고루 섞으며 1~2분 정도 볶는다. 부족한 간은 간장이나 레몬즙 약간으로 조절한다.

6 접시에 담고 파슬리를 뿌리고, 후추를 톡톡 뿌려 마무리한다.

재료(2인분)

파스타 면 160~180g
물 1.5L
발효된 완두콩과 생수를 갈아서
  만든 발효 완두콩 소스 1/2컵
  (발효 완두콩이 없으면 병아리콩
  템페를 부드럽게 갈아서 사용해
  도 된다. 발효 완두콩 소스는 블
  루치즈와 흡사한 향과 맛이 난다)
엑스트라버진 올리브 오일 1큰술
다진 마늘
소금 1큰술
후추 약간
허브(타임, 바질, 파슬리 등)

만드는 법

1 물 1.5L에 소금 1큰술을 넣고 끓인 뒤 파스타 면을 삶는다.

2 삶은 물 1/2컵은 덜어 두고 면은 체에 밭쳐서 둔다.

3 팬에 엑스트라버진 올리브 오일을 두르고 다진 마늘을 볶아 향을 낸다.

4 ❸에 발효 완두콩 소스 1/4컵을 넣고 섞는다. 소금 약간, 후추를 넣어 간을 맞춘다. 농
  도가 너무 진하면 파스타 면 삶은 물로 조절한다.

5 ❹에 삶은 면을 넣고 남은 발효 완두콩 소스를 넣고 잘 섞어 가며 1~2분 정도 아주 약
  한 불에서 볶는다.

6 그릇에 담고 허브를 곁들이면 완성. 발효된 향이 은은하게 퍼지는 독특하고 매혹적인
  비건 파스타다.

TIP 발효 완두콩 소스는 파스타 외에도 구운 감자, 브루스케타, 채소 스테이크에 소스로 얹어
  도 좋다.

15

꽃밥, 이름만큼 예쁘고 소박한 한 끼

머위꽃 된장 | 봄동 꽃밥

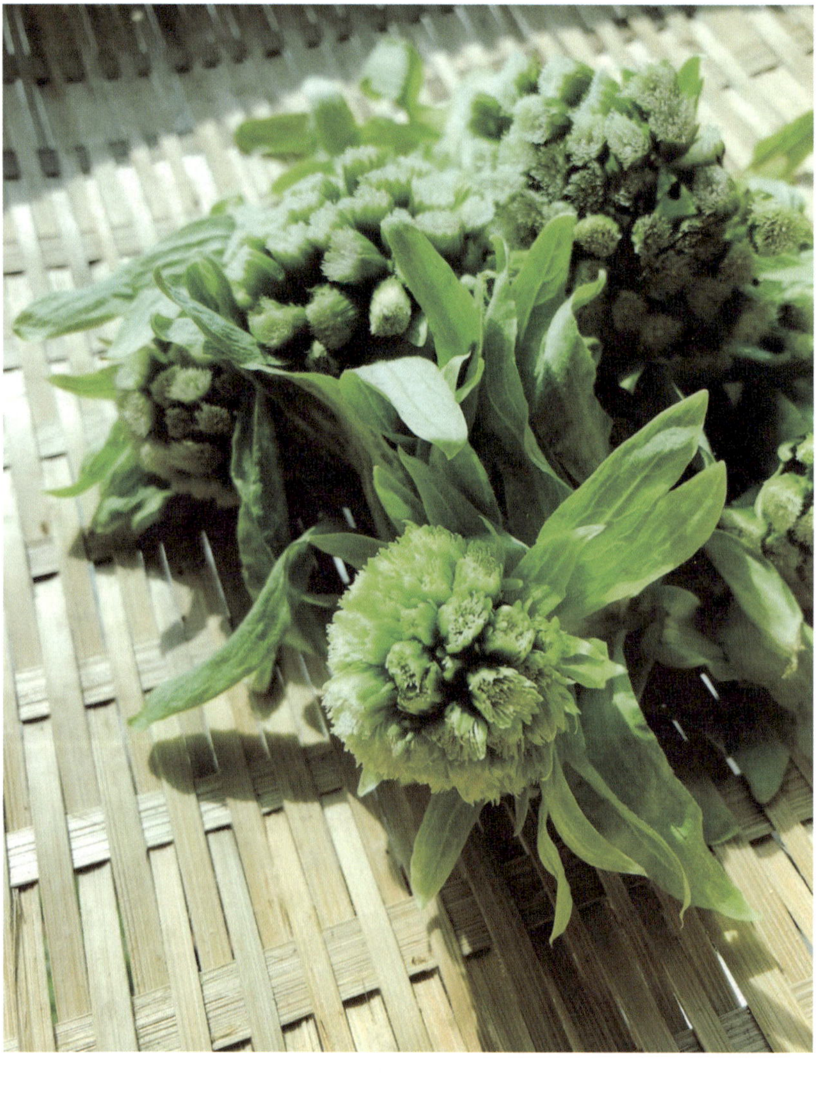

날씨가 너무 좋아서 한낮이 되기 전에 오솔길 산책을 한 번 더하다가 그동안 보지 못한 머위 군락지를 만났다. 이게 웬 횡재! 솔직히 말하면 파랑이와 오페라가 발견한 것이다. 아이들과 함께 산책하다 보면 인간의 시선이 닿지 않는 곳을 보게 된다.

머위꽃 몇 송이를 따서 머위꽃 된장을, 봄동꽃을 가득 넣어 꽃밥을 만들었다. 봄 한가득 담은 다정하고 소박한 한 끼. 제주도에 유채 꽃밭이 있다면 우리 동네에는 봄동 꽃밭이 있다. 봄동꽃은 달짝지근하면서 향이 연해서 향을 맡다 보면 눈을 살포시 감게 된다.

머위꽃 된장

 **재료**(2~3인분)

머위꽃 약간(한송이만 들어
　가도 충분하다)
된장 1.5~2큰술
매운 고추 1~2개(청양고추
　또는 풋고추)
참기름 0.5큰술(선택)
들기름 약간(선택)
통깨 약간(선택)
소금 약간

 **만드는 법**

1　머위꽃은 깨끗이 씻어 끓는 물에 소금 약간 넣고
　10초 정도 데친다.

2　찬물에 바로 헹궈 쓴맛을 덜어내고, 물기를 꼭 짠
　후 대충 썬다.

3　매운 고추는 어슷어슷 썬다. 취향에 따라 매운 정
　도를 조절한다.

4　된장, 머위꽃, 매운 고추를 넣고 조물조물 무친다.
　참기름이나 들기름을 약간 더해도 좋다.

5　통깨를 톡톡 뿌려 마무리한다. 따끈한 밥에 척 얹
　어 비벼 먹어도 꿀맛이다.

TIP 머위꽃은 너무 오래 데치면 향이 날아가니 살짝만 데친다. 쌈밥 반찬으로 내도 좋고, 찐 감
　자나 고구마랑 곁들여도 좋다.

봄동 꽃밥

 **재료(2인분)**

쌀 1컵

물 1컵

다시마 5×5cm 2조각

봄동꽃 한 줌

보리고추장 2큰술

김(구운 김이나 생김) 약간

만드는 법

1 쌀을 깨끗이 씻어 30분간 불린다.

2 불린 쌀에 물 1컵과 다시마 2조각을 넣고 밥을 짓는다.

3 밥이 다 지어지면 다시마는 건져 낸다.

4 봄동꽃은 흐르는 물에 살살 씻은 뒤 체에 밭쳐 물기를 뺀다.

5 따뜻한 밥을 그릇에 담고, 봄동꽃을 듬뿍 얹는다.

6 보리고추장과 김을 곁들인다. 보리고추장, 구운 김이나 생김에 비빈 밥과 꽃을 함께 올려 한입에 먹는다. 화사하면서도 소박한 비빔밥이 된다.

16

비건의 삶을 시작하려는 사람들
치즈가 먹고 싶으면 먹어도 된다

짠 무 | 짠 무 간장 피클 | 치즈 없는 치즈 듬뿍 파스타

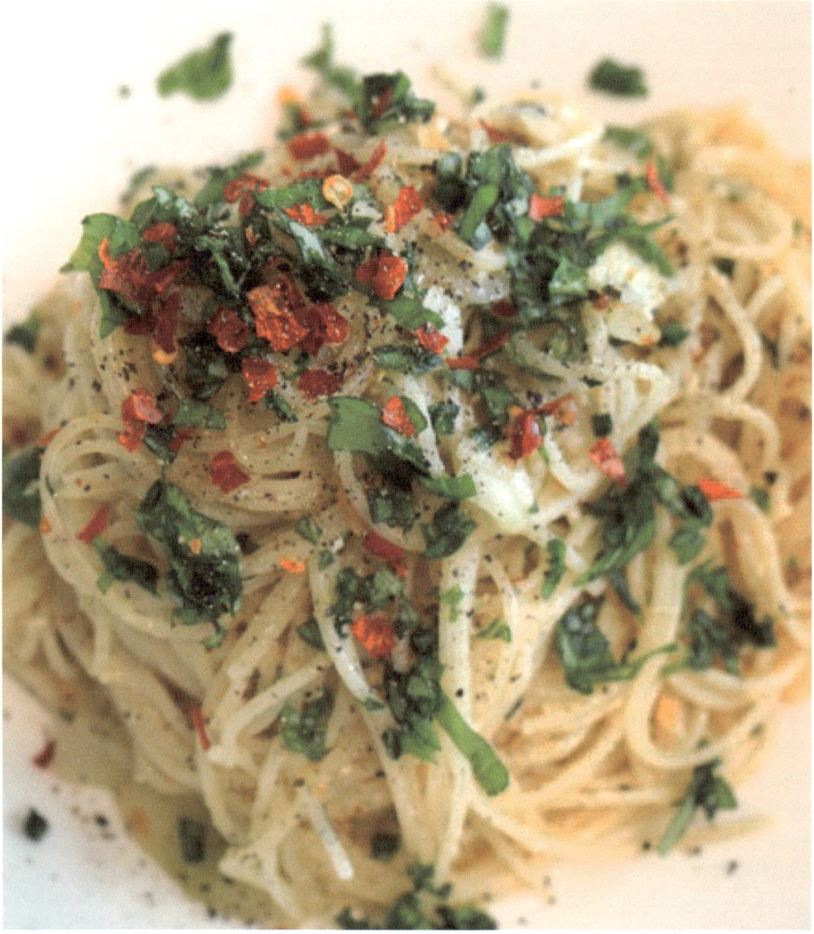

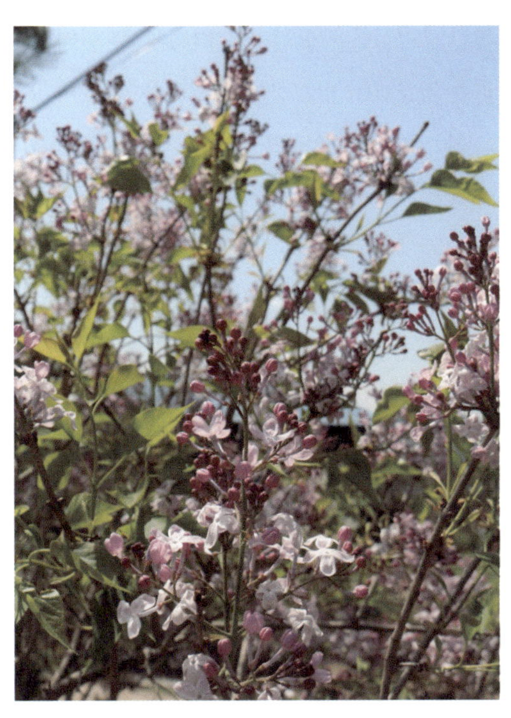

막 비건의 삶을 시작하려는 사람들을 그룹으로 나눠 수업을 했다. 어디서부터 시작해야 할지 모르겠다며 살짝 얼굴을 붉히며 부끄러워하는 모습들이 풋풋했다. 도시에서 태어나고 자라서 시골의 작은 연구소가 신기하고 재미있는지 향기로운 라일락꽃도 쓴맛의 라일락잎도 자연학습 나온 어린아이들마냥 신기해했다.

천천히 연구소 윗길로 올라가 먹을 수 있는 풀과 차로 만들 수 있는 생강나무를 소개했다. 평범한 시골 산길을 이야기하며 걷다 보니 서먹함이 싹 사라졌다. 물오른 나뭇가지들과 이제 막 돋아난 싹은 작은 선물이 되었다.

짠 무를 모르는 친구들에게 짠 무의 짭짤함이 맛있는 반찬으로 변하는 과정과 저장 음식에 대한 설명으로 수업을 시작했다. 짠 무는 무짠지, 짠지무라고도 한다. 무를 소금에 짜게 절였다가 겨울 지나 먹을 수 있는 반찬으로 아삭하게 오래 두고 먹는 겨울 밑반찬의 기본이다. 짠 무는 깊은 감칠맛이 있어서 매콤한 고추, 달큰한 간장을 더해서 쓱쓱 비벼 먹기 좋은 반찬이다. 봄 입맛 살리는 짭조름한 밥도둑이기도 하다.

치즈 없는 치즈 듬뿍 파스타에는 치즈가 없지만 초보 비건들에게 꽤나 만족스러운 파스타였다. 콩이 발효라는 과정을 거쳐 치즈와 같은 향미를 갖게 된다는 것에 놀라워했다.

시작이 중요하다. 시작을 해야 결과가 생긴다. 치즈가 먹고 싶을 때 치즈를 먹어도 괜찮다. 먹고 싶은 마음을 억지로 누르면 부작용이 나타날 수 있다. 건강에 맞게 과하지 않게 즐거운 비건을 시작하자.

짠 무

재료

무 2~3개
굵은 소금 약 1컵 반(또는 무 무게의 약 4~5%)
소금물 약간
무거운 누름돌 또는 돌 대신 쓸 무거운 물병 등

만드는 법

1 무를 껍질째 깨끗이 씻고 꼭지를 다듬는다.
2 무를 반으로 가르거나 통째로 담기도 한다. 보관 용도에 따라 다르다.
3 통에 무를 차곡차곡 넣으며 사이사이에 굵은 소금을 골고루 뿌린다.
4 무 위에 누름돌을 얹는다.
5 하루 이틀 지나면 무에서 물이 올라온다. 물이 충분히 올라오지 않으면 소금물을 약간 보충한다. 무가 물에 잠기지 않으면 곰팡이가 생기기 쉽다.
6 서늘한 곳에 2주 정도 두면 잘 절여진다. 이후에 냉장고나 김치냉장고에 넣어 두면 오래 보관할 수 있다.

TIP

* 먹을 때는 짠물을 헹궈 낸 다음 물에 담가 짠기를 뺀다. 국수, 피클, 조림, 김밥 재료, 비빔 무침 등 다양하게 응용 가능하다. 묵은지처럼 오래되면 은근한 단맛과 깊은 무향이 우러난다.
* 김치 항아리에 보관하는 것이 가장 이상적이다. 플라스틱이나 유리 김치통도 가능하다. 무가 공기와 닿지 않도록 눌러 주는 것이 핵심 포인트다.

짠 무 간장 피클

재료(작은 반찬통 한 통 분량)

짠 무 200g, 청양고추 1개(또는 풋고추 2개), 홍고추 1개(선택, 색감용), 양파 1/4개(선택), 참기름 0.5큰술, 통깨 약간

양념장 재료

간장 3큰술, 물 2큰술, 식초 1큰술, 설탕 1큰술, 매실청 1작은술(또는 생략)

만드는 법

1. 짠 무는 먹기 좋은 크기로 썰어 찬물에 5~10분 담갔다가 짠기를 살짝 뺀 후 물기를 꼭 짠다.
2. 들어갈 재료를 모두 썰어서 준비한다. 매콤한 걸 좋아하면 청양고추만 넣어도 된다.
3. **양념장 만들기.** 간장, 물, 식초, 설탕, 매실청을 섞어 살짝 끓인다. 끓이면 더 깊은 맛이 나는데 끓이지 않아도 상관없다.
4. 식힌 후 참기름과 통깨를 넣어 섞는다.
5. 모든 재료를 볼에 넣고 양념장을 붓고 잘 섞으면 끝. 반나절 냉장 숙성하면 더 맛있다.

치즈 없는 치즈 듬뿍 파스타

재료(2인분)

스파게티 면 160~180g, 물 1.5L, 소금 1큰술, 발효콩 치즈 페이스트 3~4큰술(발효콩 + 소금 +
물로 만든 부드러운 발효 페이스트), 올리브 오일 1큰술, 양파 1/4개(다지거나 채썰기 중 선택), 후
추 약간, 바질, 이탈리안 파슬리 등 허브 약간

발효콩이 없다면 병아리콩 템페로 대체한다.
병아리콩이나 대두로 만든 템페 100g, 채수 또
는 물 1/4컵, 올리브 오일 1큰술, 레몬즙 1/2작
은술, 된장 1/2작은술(선택), 후추, 소금, 허브
약간. 이걸 모두 부드럽게 갈아서 발효콩 치즈
페이스트 대신 사용한다.

만드는 법

1 물 1.5L에 소금 1큰술 넣고 스파게티 면을 삶는다.

2 삶은 물 1/2컵은 따로 덜어둔다.

3 팬에 올리브 오일을 두르고 양파를 볶아 향을 낸다. 발효콩 치즈 페이스트를 넣고 아
   주 약한 불에서 살짝 볶듯 데운다. 스파게티 면 삶은 물 3~4큰술을 넣고 농도를 봐
   가며 풀어 준다.

4 ❸에 삶은 면을 넣고 소스에 잘 버무린다. 아주 약한 불에서 1~2분 더 익히면 풍미가
   좋아진다.

5 ❹를 그릇에 옮기고 바질, 이탈리안 파슬리 등 좋아하는 허브를 올려 주면 완성.

17

스님의 지혜가 담긴 국

늙은호박국 | 감기국

절에서는 늦가을과 겨울에 자주 공양상에 올라오는 국이 있다. 감기국이라고 하는데 말린 능이버섯을 넣어 끓이는 국으로 따뜻하게 마시면 감기 예방에 좋다. 비싸고 구하기 쉽지 않은 능이버섯은 가을 산행 때 발견되기도 한다. 귀한 능이버섯을 살짝 데쳐 잘게 찢어 말려 두거나 데쳐서 바로 냉동 보관하면 겨울에 눈 치우고 난 다음 날 아침에 먹기 좋다.

불교에서 공양(음식)을 준비하는 소임 중에 반찬이나 요리를 담당하는 일을 채공菜供이라고 하고 그런 일을 맡은 스님을 채공 스님이라고 한다. 채공 스님은 그 옛날 능이버섯 한 개로도 여러 대중 스님들에게 공양을 바쳤다고 한다. 감기국은 채공 스님들의 지혜가 담긴 국이다.

늙은호박국은 푹 끓여서 따뜻할 때 먹으면 좋은 국으로 자극적이지 않은 은은한 단맛이 일품이다. 늦가을 아침, 늙은호박국으로 따뜻하게 시작하면 하루 종일 따뜻함을 느낄 수 있다.

늙은호박국

 **재료(2~3인분)**

늙은호박 300g
생강 1조각
굵은 소금 1작은술
물 적당량
마른 김(선택)

 **만드는 법**

1. 늙은호박의 껍질을 벗기고 나박나박 썬다.
2. 냄비에 호박을 넣고 물을 적당량 부은 후 약한 불에서 끓인다. 숟가락으로 눌렀을 때 뭉그러질 정도로 끓인다.
3. 호박이 푹 익으면 생강 한 조각을 넣었다가 건져낸다.
4. 굵은 소금으로 간을 맞춘 후 불을 끈다.
5. 마른 김을 불에 살짝 구워 함께 곁들이면 더욱 맛있다.

 **재료(2~3인분)**

말린 능이버섯 3~5g(또
는 냉동 능이버섯 20g)
무 1/4개
콩나물 약간
마른 홍고추 1개(반으로
갈라 씨 제거)
생강 1쪽
전통 간장 1큰술
소금 1/2작은술(기호에
따라 조절)
물 5컵

만드는 법

1 말린 능이버섯을 미지근한 물에 30분 정도 불린다(깨
끗하게 말렸으면 흐르는 물에 씻어 바로 넣어도 된다).

2 불린 능이버섯을 흐르는 물에 씻고, 먹기 좋게 찢는다.

3 팬에 기름을 두르지 않고 불린 능이버섯, 굵게 채치
듯 썰어 놓은 무를 넣어 약한 불에서 볶는다.

4 전통 간장을 넣고 향이 올라올 때까지 볶는다.

5 ❹에 물 5컵을 부어 센 불로 끓인다.

6 끓어오르면 콩나물, 마른 홍고추와 생강을 넣고 약
불에서 15~20분 정도 더 끓인다.

7 소금으로 간을 맞춘 후 한소끔 더 끓여 완성한다.

TIP 능이버섯 특유의 깊은 향이 국물에 우러나도록 충분히 끓여야 맛이 좋다.

내가 먹는 것이 곧 나다

누구나 건강한 삶을 지향한다. 요리 수업을 찾아오는 분들의 목적은 저마다 다르다. 무엇이든 배우고자 하는 의욕 충만한 수강생도 있고, 독립한 지 얼마 되지 않아 기초 요리를 익히려는 분, 부인을 위해 요리를 해 보고 싶은 분, 건강을 챙기러 온 분도 있다. 새로운 사람들과의 만남 속에는 늘 유쾌한 에너지가 흐른다. 수강생들의 이야기에 가만히 귀 기울이다 보면, 모두 맑고 밝은 영혼을 지녔다.

모든 것은 마음먹기에 달려 있다. 음식도 곧 마음이기에, 어떤 마음으로 음식을 짓고 먹는지가 곧 나를 만든다. 그리고 어느 자연주의 철학자의 말처럼 소박하게 살수록 삶은 더욱 풍요로워진다. 마음을 다해 소박하게 한 그릇을 짓는 일이야말로 삶을 가장 단단하게 채우는 길이다.

프랑스 미식 평론가 브리야 사바랭은 "당신이 어떤 것을 먹는지 말해 주면 당신이 어떤 사람인지 말해 주겠다"고 했다. 내가 먹는 것이 나를 이루고 내가 먹는 것이 곧 나라는 의미다.

첫 강의 시간에는 꼭 배려에 대한 이야기를 한다. 나는 요리를 가르치는 사람이기 이전에 수행자이지만, 세상을 살아가는 이치는 세간과 출세간이 크게 다르지 않다. 다만 한 가지 다른 점이 있다면 조금 더 배려하는 삶을 살고자 한다는 것이다. 유쾌하고 넘치는 에너지에 배려가 더해진다면 그들이 만들어 낼 식탁은 건강과 풍요로움으로 가득할 것이다.

사찰 요리는 나만을 위한 밥이 아니다. 모두와 더불어 살아가는 삶을 위한 밥이다. 그 밥은 생명을 해치지 않으며, 누군가를 생각하며 정성껏 조리되고, 자연에 감사하며 받아들이는 밥이다.

내 수업의 가장 큰 목적은 스스로를 조절하고 생명을 해치지 않으며 모두와 더불어 살아가기 위한 밥을 짓는 일이다. 그 밥에는 함께 살아가는 지혜와 자비가 담겨 있다.

휘뚜루마뚜루 마파두부

마파두부

진엽 스님에게 두부구이를 할 두부를 썰어 달라고 부탁을 했더니 아뿔싸. 스님은 깍둑썰기를 완료해 버렸다. 두부구이에서 구이를 빼고 말한 내 탓이다. 별수 없이 간만에 별식을 만들기로 했다. 이름하여 휘뚜루마뚜루 마파두부. 마늘과 파가 들어가지 않아 맛이 부드럽고 순하다.

마파두부

 **재료(2~3인분)**

두부 1모
팽이버섯 1봉(취향에 따라 조절 가능)
당근 1/4개
양파 1/2개(선택)
파프리카 1/2개
고춧가루 약간
토마토케첩 2큰술(시중 제품 가능)
물 500mL
간장 약간
전분 1큰술(취향에 따라 조절)

만드는 법

1 팬을 달군 다음 썰어 놓은 당근, 양파, 파프리카를 넣고 볶는다.
2 채소가 살짝 익으면 고춧가루와 토마토케첩을 넣어 함께 볶는다.
3 물 250mL를 넣고 잘 젓는다.
4 간장으로 간을 맞춘다.
5 ❹에 썰어 놓은 팽이버섯과 깍둑 썬 두부를 넣고 두부가 깨지지 않게 조심스럽게 섞는다.
6 물 200mL에 전분을 풀어서 ❺에 넣는다. 전분 물 농도는 취향에 따라 조절한다. 걸쭉한 것이 좋으면 전분을 더 넣는다. 남은 물 50mL로 전분 물 그릇을 헹구어 넣어 준다.
7 두부가 부서지지 않게 조심스럽게 찬찬히 뒤적인다. 농도가 적당해지면 불을 끈다.

좋은 사람들과 만나면
후루룩 뚝딱뚝딱 따뜻한 잔치국수

잔치국수

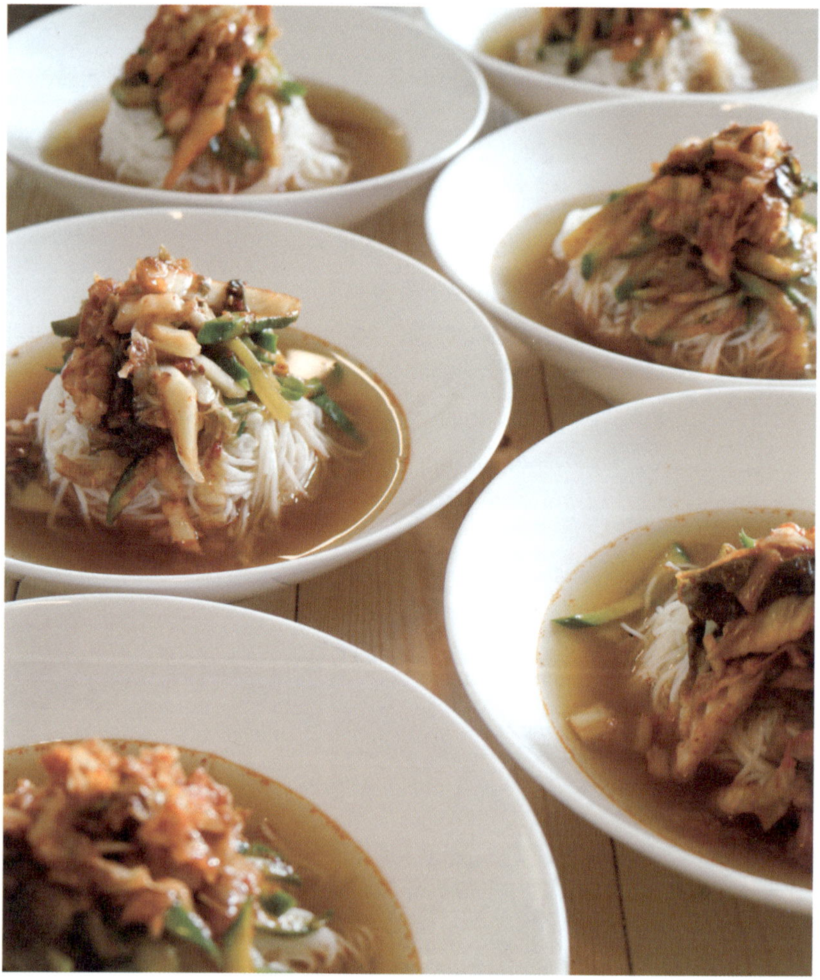

10년이 넘는 시간을 함께한 유쾌
한 연구원들이 모였다. 전통 음식
과 발효에 대한 이해를 높이기 위해
1년간 정규 과정 수업을 이수하고
지속적으로 연구와 탐구를 이어가
는 분들이다. 새가 쪼아 먹은 사과
를 보더니 까르르 웃는 모습이 영
락없는 10대 소녀들이다.

　연구원들의 넘치는 에너지를 모아 잔치국수를 만들기로 했다. 남은 자투리
채소를 왕창 넣어서 익숙한 듯하지만 다른 채수를 만들었다. 좋은 사람들과
만나서 뭘 만들어 먹을까 고민할 때면 뚝딱뚝딱 후루룩 따뜻한 잔치국수가 딱
이다.

잔치국수

 ### 재료(2인분)
소면 160~180g, 소금 약간

국물 또는 채수
물 5컵, 다시마(5×5cm) 1장(여러 장 넣어도 된다), 말린 표고버섯 1~2개(또는 생표고 2개), 양파
1/2개(선택), 대파 1대(선택), 무 5cm 조각, 자투리 채소 어떤 것이든 가능하다, 전통 간장 1큰
술, 소금 약간

고명 재료
애호박 1/4개(채 썰어 볶기), 당근 약간(채 썰어 볶기), 김 약간(생략 가능), 참깨 약간, 김치(선
택), 표고버섯(채수에 썼던 것 재활용), 다시마(채수에 썼던 것 재활용), 소금 약간

1 **채수 끓이기.** 냄비에 물 5컵과 다시마, 표고버섯, 무, 양파, 대파를 넣고 끓인다. 끓기 시작하면 약불로 줄여 15~20분 동안 끓인 뒤 체에 걸러 준다. 전통 간장으로 간을 맞추고, 부족하면 소금으로 마무리한다.

2 **국수 삶기.** 소면을 끓는 물에 넣고 삶는다. 끓어오르면 찬물 한 컵 붓기를 2~3번 반복하면 면이 쫄깃해진다. 삶은 면은 찬물에 비벼 가며 헹궈 전분기를 제거한다.

3 채 썬 애호박과 당근은 약간의 소금을 뿌려 살짝 볶아 준다.

4 표고버섯과 다시마는 채수 끓일 때 사용한 것을 건져 내어 썰어 놓는다.

5 국수 그릇에 면을 담고 따뜻한 채수를 부은 뒤 애호박, 당근, 김치를 고명으로 올린다.

6 김과 참깨는 마지막에 뿌린다.

생밤으로 한상차림

밤밥 | 생밤 겉절이 | 꽈리고추 겉절이 | 생밤 오이무침

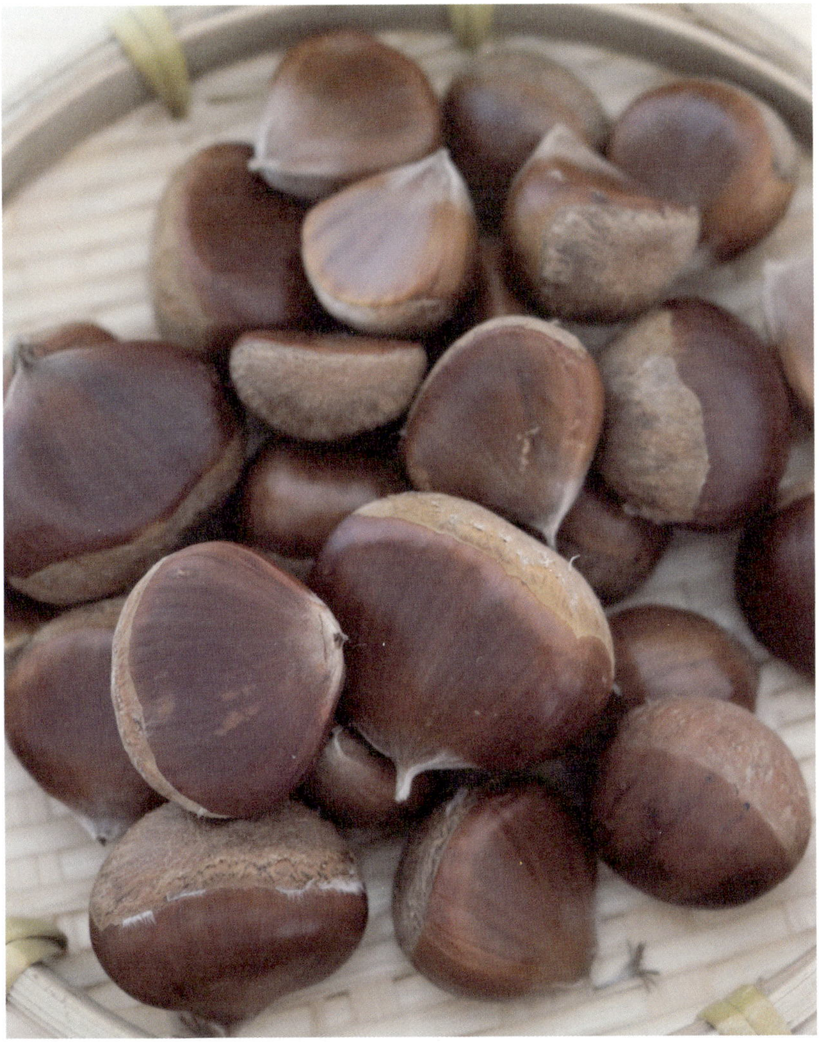

결혼 전 요리 수업을 들었던 수강생들이 가족들과 함께 왔다. 요리라고는 라면 끓이는 게 전부라던 수강생들이 이제는 제법 손끝 영글게 살림을 하는 주부가 되었다.

산길 산책하며 한두 개씩 주워 놓았던 밤으로 연잎향 머금은 밥과 여러 가지 반찬을 만드는 것을 신기해했다. 특히 생밤 겉절이는 처음 본다며 눈빛을 반짝였다. 생밤 겉절이가 소주하고 딱 어울리겠다나.

밤밥

 **재료**(2인분)

햅쌀 1컵(180mL 기준)
연잎차 우린 물 1컵(또는 1컵보다 살짝 적게. 연잎차 없으면 그냥 물을 사용해도 된다)
생밤 4~6톨(껍질 제거 후 통째 또는 반으로 썰어 사용)

만드는 법

1 햅쌀은 깨끗이 씻은 뒤 30분 정도 불린다. 너무 오래 불리지 않아도 된다.
2 연잎차 1작은술 정도를 뜨거운 물 1컵에 5분 정도 우려내고 체에 걸러 밥물로 준비한다. 은은하게 향만 나면 충분하다.
3 생밤은 껍질과 속껍질을 제거하고 반으로 자르거나 통째로 사용한다. 너무 크면 두세 조각으로 자른다.
4 냄비나 전기밥솥에 불린 쌀, 밤, 연잎차 우린 물을 넣고 밥을 짓는다.
5 다 지어진 밥은 고루 섞어 그릇에 담는다.

생밤 겉절이

재료(2~3인분)

생밤 10~15톨
소금 1/3작은술
꿀(또는 매실청) 1큰술
고춧가루 1작은술
다진 마늘 1/3작은술
참기름 1작은술
깨소금 1작은술

만드는 법

1. 생밤은 껍질을 벗기고 얇게 채 썰거나 반으로 썬다.
2. 채 썬 생밤에 소금을 뿌려 5분 정도 두었다가 살짝 헹궈 물기를 뺀다(기호에 따라 소금은 뿌리지 않아도 된다).
3. 밤과 꿀, 고춧가루, 다진 마늘, 참기름을 넣고 버무린다.
4. 깨소금을 뿌려 완성한다.

TIP 밤의 아삭한 식감을 살리려면 너무 오래 절이지 않는다. 단맛을 원하면 꿀이나 조청을 추가하고, 짭짤한 맛을 원하면 전통 간장을 약간 넣는다. 고춧가루를 생략하면 아이들도 맛있게 먹을 수 있다.

꽈리고추 겉절이

 **재료(2~3인분)**

꽈리고추 200g

소금 1/2작은술(절일 때)

고춧가루 1큰술

전통 간장 1큰술

다진 마늘 1/2작은술

매실청(또는 설탕) 1작은술

참기름 1작은술

깨소금 1작은술

 **만드는 법**

1 꽈리고추를 깨끗이 씻어 물기를 제거한 후 먹기 좋은 크기로 어슷하게 썬다.

2 꽈리고추에 소금을 넣고 10분 정도 절인 후 살짝 헹궈 물기를 뺀다.

3 고춧가루, 전통 간장, 다진 마늘, 매실청, 참기름을 넣고 조물조물 버무린다.

4 깨소금을 뿌려 완성한다.

TIP 생으로 먹는 꽈리고추의 아삭한 식감을 살리기 위해 너무 오래 절이지 않는다. 겉절이지만 한두 시간 두었다가 먹으면 양념이 잘 배어 더 맛있다.

생밤 오이무침

 **재료**(2인분)

생밤 6~8톨
오이 1개(굵직하게 썰기)
빨강 파프리카 1/4개(채썰기)
양파 1/4개(잘게 다지기 또는
　슬라이스)

드레싱 재료

올리브 오일 1.5큰술
레몬즙 또는 식초 1큰술
소금 약간
후추 약간
매실청 1/2작은술(선택)

만드는 법

1 생밤은 껍질과 속껍질을 제거한 뒤 먹기 좋게
　썬다.

2 오이는 굵직하게 썰듯 썰고, 빨강 파프리카는
　채썰기를 한다.

3 양파는 아주 잘게 다지거나 슬라이스해서 찬물
　에 5분 담가 두었다가 매운맛을 제거한 후 사용
　한다.

4 올리브 오일, 레몬즙, 소금, 후추, 매실청(선택)
　을 섞어서 드레싱을 만든다.

5 오이, 파프리카, 양파를 그릇에 넣고 드레싱을
　부어 가볍게 섞고, 마지막에 생밤을 올리듯 섞
　어 마무리한다.

22

비지와 블루치즈는 닮았다

콩비지찌개 | 비건 치즈 퐁듀 | 콩비지 블루치즈 파스타 | 블루치즈 스타일 소스

두부를 만들고 비지를 띄웠다. 두부를 만들고 남은 비지를 버리면 쓰레기가 되지만 발효의 과정을 거친 '띄운 콩비지'는 멋진 식재료가 된다. 비지는 청국장보다 향은 진하지 않으면서 발효된 콩에서 풍기는 쿰쿰함이 블루치즈와 닮았다. 비지로 많은 요리를 뚝딱 만들 수 있다. 콩비지찌개와 비건 치즈 퐁듀도 가능하고, 블루치즈가 들어가지 않지만 맛은 비슷한 파스타도 만들 수 있다. 또한 시간 날 때 블루치즈 스타일의 비건 소스를 만들어 놓으면 두루두루 쓸 수 있어서 좋다.

─── 콩비지찌개(고춧가루 없이 깔끔한 맛) ───

 **재료**(2인분)

콩비지 1컵(200g, 파는 콩비지를 사
　　용해도 된다. 직접 띄운 콩비지는
　　더 구수하다)
양파 1/2개(선택), 애호박 1/3개
표고버섯 2개, 마늘 1작은술(선택)
채수 또는 물 2컵, 전통 간장 2큰술
소금 약간, 기름 1큰술
참기름 또는 들기름(선택)

🍲 만드는 법

1 냄비에 기름 1큰술을 두르고 채 썬 양파, 애호박, 표고버섯을 넣고 2~3분간 볶는다.

2 전통 간장 1큰술을 넣고 골고루 섞어 가며 볶는다.

3 준비한 채수를 붓고 한소끔 끓인다.

4 콩비지를 넣고 중약불에서 10분 정도 끓인다. 타지 않게 저어 준다.

5 전통 간장 1큰술을 넣고 간을 맞춘 후 부족하면 소금으로 조절한다.

6 한 번 더 끓여 마무리한다.

7 기호에 따라 참기름 또는 들기름을 살짝 두르면 풍미가 좋다.

 **재료(2인분)**

발효 콩비지 3/4컵
채수 1/4컵
올리브 오일 1큰술
된장 1/2작은술(선택)
소금 약간
후추 약간
전분 약간

 **만드는 법**

1 발효시킨 콩비지를 체에 한 번 걸러서 부드럽게 만들거나 그대로 사용한다.

2 팬에 발효 콩비지, 채수, 된장, 올리브 오일을 넣고 약불에서 서서히 데운다.

3 끓지 않게 조심하면서 잘 젓는다. 너무 되직하면 채수를, 너무 묽으면 전분 또는 콩비지를 약간 추가한다.

4 소금, 후추로 간을 맞춘다.

5 따뜻한 뚝배기나 퐁듀 냄비에 담아 따끈하게 유지하면서 빵이나 구운 채소 등을 찍어 먹는다.

—————————————— 콩비지 블루치즈 파스타 ——————————————

 **재료(2인분)**

스파게티 면 160~180g, 병아리콩 템페 100g, 발효 콩비지 1/3컵, 채수 또는 면 삶은 물 1/4컵, 올리브 오일 1큰술, 양파 1/4개(다지거나 슬라이스 선택), 레몬즙 1/2작은술(없으면 생략 가능), 소금 1큰술, 후추 약간, 된장 1/2작은술(감칠맛 강화), 허브(바질, 이탈리안 파슬리 등)

만드는 법

1 끓는 물에 소금 1큰술을 넣고 면을 삶는다. 채수나 면수를 1/2컵 정도 남겨 둔다.

2 병아리콩 템페와 발효 콩비지에 채수를 넣고 블렌더로 되직하게 간다.

3 **소스 만들기.** 팬에 올리브 오일을 두르고 양파를 볶고 난 다음 ❷를 붓고 된장(선

택)을 넣어 잘 풀어 준다. 약불에서
서서히 저으며 끓인다. 레몬즙과
후추로 마무리 간을 한다.

4 ❸에 삶은 면을 넣고 아주 약한 불에
서 1~2분 더 볶는 듯 섞어 주면 소스
와 잘 섞인다. 질감이 너무 되면 면
삶은 물 또는 채수로 조절한다.

5 접시에 담고 허브, 후추 톡톡 뿌려
마무리한다.

블루치즈 스타일 소스

재료(2인분)

병아리콩 템페 100g, 발효 콩비지 1/3컵, 채수 또는 물 1/4컵, 레몬즙 1/2작은술(선택), 된장
1/2작은술(선택), 올리브 오일 1큰술, 소금 약간, 후추 약간

만드는 법

1 병아리콩 템페를 잘게 썰어 부드럽게 으깬다.

2 믹서나 블렌더에 발효 콩비지, 으깬 템페, 채수, 올리브 오일, 된장을 넣고 부드럽고
크리미한 질감이 될 때까지 간다.

3 너무 되직하면 채수를 1큰술씩 추가하고, 묽으면 콩비지를 소량 추가하여 농도를 조
절한다.

4 마지막에 소금, 레몬즙으로 간을 조절하고 후추를 뿌려 주면 완성.

TIP

* 파스타 소스로 사용할 수 있다.
* 브루스케타 또는 구운 채소 위에 얹어도 좋다.
* 샐러드드레싱으로 사용할 때는 물이나 식초를 조금 넣어 묽게 조절하여 사용한다.
* 밀폐 용기에 담아 냉장 3일, 냉동 최대 2주 동안 보관할 수 있다. 발효 재료가 들어가서 빠르게
  사용하는 것이 좋다.

23

새와 다람쥐의 밥,
고라니와 멧돼지의 길

　우리 동네에는 조그만 연구소를 둘러 둘레길이 나 있다. 여름을 지나 알밤이 익어서 떨어질 때쯤 바빠서 못 올라갔던 길을 천천히 걸었다. 냇가 옆 밤나무에 밤이 풍년이다. 떨어진 밤송이에서 굴러 나온 밤이 길에 떨어져 있었다. 흐르는 시냇물 쪽으로도 굴러갔다. 우리 동네 다람쥐들은 겨우내 밥 걱정 안 해도 되겠구나 싶었다.

　인적 드문 길은 해가 지면 고라니와 멧돼지 전용 길이 된다. 예쁜 꽃이 한 송이씩 고개를 내밀고 있는 자연의 길이다.

　사람 손길이 닿지 않은 키 큰 나무에 산초 열매가 듬성듬성 있다. 먹기 좋을 때 다 먹고는 저렇게 남겨 두는가 보다. 경사가 꽤 있는 길을 오르내릴 때면 중간쯤에서 쉬며 숨을 고른다. 새소리, 물소리에 귀 기울이기 좋은 시간이다.

　다시 천천히 쉬엄쉬엄 걷다가 주위 풍경을 한 번씩 보면서 쉬어 주고 그렇게 숨을 고르고 불어오는 바람의 손길도 느끼며 천천히 걸었다. 우리의 삶도 다른 사람 속도 신경 쓰지 말고 나만의 속도로, 주위도 둘러보고 숨도 고르고 힘들면 잠시 쉬기도 하고 그렇게 걸으면 된다.

　그러다 보면 이름 없는 꽃을 보고 예쁘다 건네주는 마음의 땅이 넓어지고, 또 그러다 보면 공터에 흐드러지게 핀 잡초라고 부르는 망초도 예쁘다.

24

오이지 파스타 나가신다

오이지 파스타

태풍이 올라오고 있다지만 조용한 하루였다. 고요한 오전의 기운을 받아 강황 가루 넣고 노리끼리하게 사부작사부작 파스타 면을 뽑았다. 문득 오이지로 파스타를 하면 어떤 맛이 날까 궁금해져서 텃밭에서 풋고추 몇 개 따고, 잘 삭혀진 오이지를 준비했다. 간단한 재료들로 만들었지만 발효된 식재료의 존재감은 확실했다.

"앤초비 파스타 물렀거라. 오이지 파스타 나가신다."

오일 파스타라고 거창할 것 없다. 요즘 유행하는 들기름 비빔국수랑 다를 게 없다. 파스타 면을 직접 뽑는 것도 어렵지 않다. 우리 밀 백밀, 식물성 기름 약간, 물, 소금 약간 넣고 치대면 끝이다.

<h2 align="center">오이지 파스타</h2>

 **재료**(2인분)

파스타 면 200g(강황 가루를 넣어 직접 뽑거나 시중 파스타를 사용한다)
풋고추 2~3개(매운맛을 원하면 청양고추 추천)
오이지 1~2개
비건 피시 소스(50쪽 참조) 1큰술
올리브 오일 2큰술
후추 약간

만드는 법

1 파스타 면을 삶아 건진다.
2 풋고추와 오이지를 잘게 썰어 준비한다. 다지지 않고 아주 잘게 썬다.
3 팬에 올리브 오일을 두르고 풋고추를 살짝 볶는다.
4 삶아 둔 파스타 면을 넣고 비건 피시 소스를 넣어 잘 섞는다.
5 오이지와 후추를 넣고 한 번 더 가볍게 섞는다.
6 집게로 파스타 면을 돌돌 말아 접시에 담는다.

25

공양간 문을 두드리세요
음식을 심폐 소생해 드립니다

무장아찌 환생법

수업을 시작하기 전 조리대 위에 모르는 보관 용기가 올려져 있었다. 들여다 보니 홍삼정과처럼 보이기도 하고 언뜻 보면 스테이크를 썰어 놓은 것처럼 보이기도 했다. '뭐지?' 했는데 무장아찌였다. 한 수강생의 시어머님이 귀한 음식이라고 챙겨 주셨다고 했다. 귀한 음식이 맞긴 맞다. 그런데 어찌 요리해야 하는지 모르니 무장아찌를 심폐 소생해 달라는 민원이 들어온 것이다.

시어머님이 솜씨가 있으셔서 다행히 장아찌 무가 무르지 않고 꼬들꼬들했다. 무장아찌를 환생시키기로 했다. 수강생이 무장아찌를 저녁 밥상에 올리니 반응이 굉장했다는 즐거운 소식이 들려왔다.

"경봉 스님의 공양간 문을 두드리세요. 그러면 무엇이든 답을 드립니다!"

무장아찌 환생법

🍽 만드는 법

1 무장아찌를 채친다. 조금 두껍게 쳐도 된다.

2 물이 담긴 양푼에 채친 무장아찌를 5~10분 정도 담가 놓는다.

3 된장에 오래 박혀 있었으니 많이 짤 것이다. 짭짤함과 작별해야 할 시간이다. 담가 놓았던 무장아찌를 꺼내 손으로 물기를 '꼭' 짜지 말고 '꾸욱' 짠다. '꼭'은 짧고 강하게 짜는 것이고, '꾸욱'은 천천히 깊게 짜는 것이다. 말의 뉘앙스 차이지만 조리에서는 수분 제거 정도에 영향을 크게 준다.

4 공양간(나의 주방)에는 마늘, 양파가 없어서 참기름, 설탕, 통깨를 넣고 조물조물 무쳤다.

5 텃밭에서 고추 방아다리(고추 줄기와 줄기 사이에 나는 곁가지)를 따다가 무장아찌에 무심한 듯 슬쩍 올려 주니 좋았다.

26

선조들의 여름 만두 규아상

오이만두 규아상

선조들은 여름에 '규아상'이라는 궁중 만두를 만들어 먹었다. 우리 연구원들과는 기존의 고기 가득한 만두와 좀 다른, 고기를 넣지 않은 오이만두 규아상을 만들기로 했다. 연구원들은 전통 음식과 발효에 대해 깊이 연구하기 위해 내가 운영하는 연구소에서 정규 과정 수업을 받고 지속적으로 연구와 탐구를 이어가고 있다. 옛사람들이 만든 방법을 먼저 공부한 후 현재에 맞게 재해석해서 요리를 만든다.

전통 요리를 만들다 보면 그 시대에 사는 것 같은 착각이 들 때가 있다. 그 시절에는 담쟁이덩굴에 만두를 하나씩 얹어서 쪘다고 하니 얼마나 예뻤을까. 담쟁이덩굴에 얹어 찌지는 못하지만 현재의 규아상도 좋다. 한 입 베어 무니 오이가 들어간 줄도 모르겠다. 오이를 좋아하는 이라면 이 은은한 향이 반가웠을 테고, 싫어하는 이라면 다행이라 여겼을 만큼 부드럽게 스며드는 맛이다.

그 옛날에도 분명 여름은 더웠을 테고 혹여 상할까 봐 걱정되니 얼마나 바지런히 음식을 만들어야 했을까. 규아상을 만들기 위해 문헌을 찾아보고 역사를 공부하다 보면 전통을 지키는 일은 결국 지금 우리의 몫인 것 같다. 아이들과 이런저런 이야기를 나누며 만들기에 좋은 요리다.

오이만두 규아상

재료(2~3인분)

오이 1개, 애호박 1/2개, 새송이버섯 1개
적양파 1/2개, 얼린 두부 1/2모
통깨 1큰술(갈아서 사용)
후추 약간, 생들기름 1큰술
굵은 소금(오이 절이기 + 간 맞추기용)
우리 밀(만두피 재료) 250g
초간장(간장 2큰술, 식초 1큰술, 물 1큰술, 깨
    소금 약간)

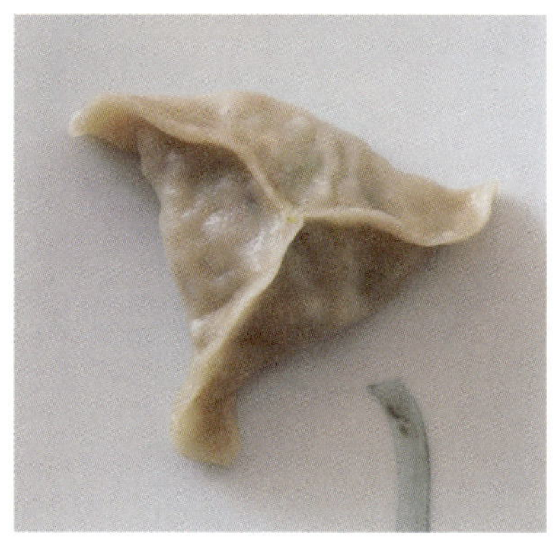

만두피 만들기

 **재료(2~3인분)**
우리 밀 250g, 뜨거운 물 120mL 내외, 소금 약간

만드는 법

1 우리 밀에 소금을 섞은 후 뜨거운 물을 조금씩 부으면서 젓가락으로 저어 익반죽한다.

2 한 덩어리로 뭉쳐지면 손으로 매끈하게 치대어 반죽한다.

3 젖은 면보를 덮어 30분 정도 숙성시킨다.

4 반죽을 밀대로 지름 3cm 정도로 얇게 민다.

* **익반죽** 뜨거운 물을 쓰면 밀가루의 전분이 부분적으로 익어 글루텐이 덜 형성되어 반죽이 부드럽고 잘 늘어난다. 만두피가 얇게 잘 밀리고, 쪄내거나 삶았을 때 질기지 않고 매끈하게 익는다.

만드는 법

1 오이는 깨끗이 씻어 속을 파낸 후 반달썰기 하여 굵은 소금을 뿌려 절인다.

2 10~15분 후 물기를 꼭 짜서 준비한다.

3 적양파, 새송이버섯, 애호박을 잘게 다진다.

4 얼린 두부를 해동하여 물기를 짠 후 으깬다.

5 절인 오이, 다진 적양파, 다진 새송이버섯, 다진 애호박, 으깬 두부, 간 통깨, 후추, 생들기름을 볼에 넣고 잘 섞는다. 간은 굵은 소금으로 한다.

6 만두피에 소를 적당량 넣고 원하는 모양으로 빚는다.

7 찜기에 규아상을 가지런히 올리고 15~20분 동안 쪄 준다.

8 초간장 재료를 모두 섞어 준비한다.

9 접시에 규아상을 예쁘게 담고 초간장을 곁들인다.

TIP 문헌에는 오이의 껍질을 두껍게 도려내어 얇게 채를 치라고 나오지만 우리는 현재의 방법으로 하고, 소고기 대신 얼린 두부를 사용했다.

27

수행과 음식이 맞닿다,
고수는 깊은 지혜

고수 페스토 파스타 | 고수 된장찌개

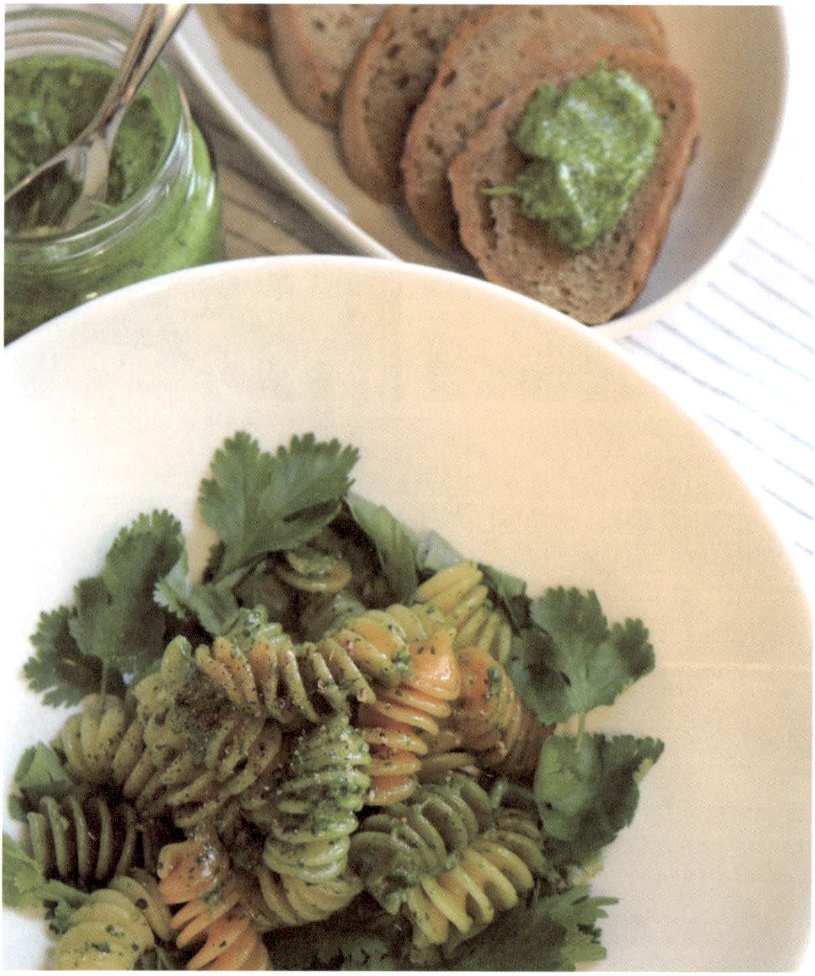

고수는 좋아하는 사람과 싫어하는 사람이 명확하다. 고수는 이미 조선 시대 의서에 약재로 등장한다. 사찰에서도 단지 향을 더하는 채소가 아니라 수행 중 몸의 균형을 돕는 약초로 여긴다. 선방 스님들이 좌선, 즉 참선 수행을 하는 공간에서는 좌선 수행을 장시간 하기 때문에 몸의 열이 위쪽으로 치밀고, 아랫배는 냉해지는 현상이 자주 일어난다. 그래서 기를 아래로 끌어내리고, 위장을 따뜻하게 하며, 순환을 도와주는 약성이 있는 풀인 고수를 사용한다. 고수는 단순한 향신채가 아니라 수행과 음식이 맞닿는 깊은 지혜 중 하나다.

고맙게도 연구소 가까운 곳에 친환경 고수 농장이 있다. 고수를 재료로 한 수업을 마치고 남은 고수로 고수 페스토를 만들기로 했다. 시든 고수를 물에 잠깐 담가 두니 다시 싱싱해졌다. 고수 페스토 만들기는 10분도 안 걸리는데 그 짧은 사이에 고수 맛이 부드러워진다.

호불호가 강한 식재료이지만 사람들은 대부분 고수로 만든 페스토라고 말해 주기 전까지는 고수가 들어간지도 모른다. 고수 못 먹는 사람도 잘 먹을 수 있다는 뜻이다.

페스토가 아까워 파스타를 삶았다. 빵에 발라 먹어도 맛있으니 빵도 따뜻하게 데웠다. 고수가 고소해서 난리였다.

소스 vs 스프레드 vs 페스토

✓ **소스** Sauce

소스는 붓는 것. 음식에 붓거나 끼얹는 액체다. 토마토소스, 간장 소스, 크림 소스 등.

✓ **스프레드** Spread

스프레드는 바르는 것. 빵이나 크래커 위에 펼쳐 바르는 것으로 질감이 부드럽다. 잼,
땅콩 버터, 허머스 등.

✓ **페스토** Pesto

페스토는 바르거나 비비는 것. 주로 바질, 견과류, 올리브 오일 등을 갈아 만든 농도
있는 소스로 비벼 먹거나 바르기에 적합하다. 바질 페스토, 토마토 페스토 등.

고수 페스토 파스타

 **재료(2인분)**

삶은 스파게티 면 200g
　(건면 기준 약 150~160g)
고수 100g
올리브 오일 100mL
잣 30g
소금 1/2작은술

만드는 법

1 고수를 씻어 물에 잠시 담갔다가 싱싱해지면 물기
를 뺀다.
2 고수를 적당한 크기로 잘라 믹서기에 넣는다.
3 믹서기에 고수, 올리브 오일, 잣을 넣고 곱게 간다.
4 곱게 갈아지면 소금을 넣고 믹서기를 한 번 더 돌
리면 고수 페스토 완성.
5 삶은 스파게티 면 위에 고수 페스토를 올리면 고수
페스토 파스타가 된다.

TIP 쑥갓도 같은 방법으로 만들면 은은한 향의 쑥갓 페스토가 된다. 쑥갓 페스토로 만든 파스
타도 별미다.

　　고수 파스타를 만들다가 23년 전 일이 떠올랐다. 동학사 강원 시절에 학년이 올라 드디어 우리 반이 상채공(채공 스님 가운데 가장 위 소임)을 맡게 되었다. 그날 저녁, 진엽 스님이 상채공 첫날 저녁 메뉴로 냉이 된장찌개를 끓이고 있었다. 찌개는 맛있게 잘 끓여졌고, 이제 냉이만 넣으면 완성! 그런데 아뿔싸, 냉이를 넣는다는 것이 그만 고수를 넣고 말았다. 그 많은 고수가 들어간 된장찌개. 순간 채공간에 정적이 흘렀고, 진엽 스님의 얼굴은 붉게 달아오르고 금방이라도 눈물을 쏟을 것 같았다.

　　그때 스님 몇 명이 얼른 맛을 보더니 맛있다며 일사불란하게 찌개를 나눠 담아 큰방으로 들여 보냈다. 그런데 뜻밖에도 그날 고수 된장찌개가 인기 만점이었다. 그렇게 태어난 고수 된장찌개. 고수 대신 냉이를 넣으면 냉이 된장찌개가 된다.

재료(2인분)

고수 50g(좋아하면 더 넣어도 된다), 두부 1/3모(약 100g, 작게 깍둑썰기, 선택), 무 1/4개(나박 썰기), 느타리버섯 또는 표고버섯 1줌(손으로 찢기), 된장 1.5큰술(집된장이면 1큰술부터 시작), 물 400mL, 다시마 1장(5×5cm, 우릴 때 사용)

만드는 법

1. 고수는 깨끗하게 씻어서 준비한다.
2. 냄비에 물 400mL와 무와 다시마를 넣고 중약불에서 10분간 끓인 뒤 다시마는 건져 낸다.
3. ❷에 된장을 풀고, 버섯, 두부를 넣어 중불에서 5분간 끓인다.
4. 마지막에 고수를 넣고 1~2분간 더 끓인다.

28

돌미나리 예찬

돌미나리 겉절이 | 돌미나리무채전

장날에 돌미나리를 한 소쿠리 샀다. 어찌나 이쁘고 싱그러운지 한참을 이렇게 보고 저렇게 보고 이파리를 봤다가 줄기도 가만가만 보았다. 이파리를 하나 입에 넣어 오물거리니 돌미나리 향기가 입안 가득이다.

돌미나리로 쉽고 간단하게 겉절이를 만들고 남은 걸 소쿠리에 담아 놓으니 보물 상자에 보물을 담아 놓은 것처럼 든든하다. 남겨 놓았던 돌미나리는 예상치 못하게 진엽 스님이 요리를 하게 되었다. 진엽 스님은 식재료에 관심이 많다. 중요한 건 식재료에만 관심이 있고 요리에는 영 재주가 없다는 것이다. 신기하게도 우리 집 흰둥이들 선우, 파랑이, 오페라를 위한 요리는 잘한다. 진엽 스님이 무채와 돌미나리로 전을 부치면 어떠냐고 물었다.

"아마 무에서 수분이 많이 나올걸요, 그런데… 글쎄요…."

의도치 않게 말끝을 흐렸지만 사실 무와 미나리를 섞어서 전을 부치는 일은 흔하지 않다. 일반적으로 그렇게 부치지 않는다. 수분 때문이면 본인이 알아서 해 보겠다고 했다. 무를 채치는 데에만도 꽤 긴 시간이 걸렸다. 솔직히 무채 기다리다 기린이 될 것 같았다.

결과는 꽤 괜찮은 바삭한 돌미나리무채전이 탄생했다. 어떻게 만들었는지 모르겠지만 전은 바삭했고, 시간이 걸렸지만 성공했다. 만드는 법은 비밀이란다.

———————— 돌미나리 겉절이 ————————

 **재료**(2인분)
돌미나리 100g, 양파 1/4개(선택)
깨 1큰술, 참기름 1큰술

양념장 재료
전통 간장 1큰술, 식초 1큰술
설탕 1작은술,
다진 마늘 1/2작은술(선택)
고춧가루 1작은술

1 돌미나리를 깨끗이 씻어 물기를 제거하고는 먹기 좋은 크기로 자른다.

2 양파는 채 썰어 찬물에 5분 정도 담갔다가 물기를 뺀다.

3 볼에 전통 간장, 식초, 설탕, 다진 마늘, 고춧가루를 넣고 잘 섞어 양념장을 만든다.

4 돌미나리와 양파를 볼에 넣고 양념장을 넣어 가볍게 버무린다.

5 참기름과 깨를 넣고 한 번 더 살짝 섞어 완성한다.

TIP

새콤한 맛이 좋다면 식초
를 1/2큰술 추가한다.

돌미나리무채전

무채 1컵(얇게 채 썰고 물기를 살짝 짠다),
돌미나리 1/2줌(5cm 길이로 썰기), 카사
바 가루 4큰술, 타피오카 전분 2큰술, 소
금 1/2작은술, 후추 약간, 물 약 3~4큰술
(질감 보고 조절), 기름 적당량

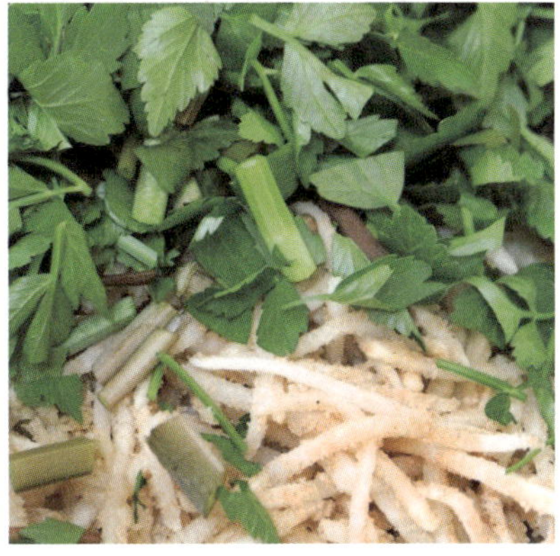

1 무는 얇게 채썬 뒤 소금을 살짝 뿌려
  5분간 절여 수분을 살짝 제거한다(진
  엽 스님은 카사바 가루와 타피오카 전분

을 사용했기 때문에 절이지 않았다).

2 볼에 무채, 돌미나리, 카사바 가루, 타피오카 전분, 소금, 후추를 약간씩 넣고 섞은 뒤 물을 1큰술씩 넣어 가며 약간 걸쭉하고 뻑뻑한 반죽이 되도록 조절한다(재료가 흘러내리지 않고 살짝 뭉치는 정도).

3 팬에 기름을 두르고 달군 뒤 중불에서 한 숟가락씩 떠서 얇게 펴 노릇하게 부친다. 타피오카 전분 덕분에 겉면이 바삭하게 익는다.

TIP 바삭하게 부치는 팁 3가지

1. 반죽은 익히기 직전에 섞는다. 시간이 지나면 수분이 나와 눅눅해진다.

2. 팬은 충분히 예열하고, 기름을 넉넉히 두른다.

3. 되도록 얇게 부쳐야 전분의 바삭함이 살아난다.

29

두 줌의 나물을 무치고 싶을 때
한 줌만 무치자

산 위에서 내려오는 보드라운 봄바람에 잠시 걸음을 멈추고 조심조심 뽕잎을 딴다. 뽕나무의 오디가 떨어지지 않도록 딴 다음 차를 덖는 작은 무쇠솥에 넣고 덖었다. '덖는다'라는 단어의 의미는 주로 차, 곡식, 약초 등을 기름이나 물 없이 마른 팬에 볶는 방식으로 익히거나 말리는 것을 말한다.

햇뽕잎차 한 잔을 마시며 차탁 아래에 앉아 있는 오페라를 바라보니 세상 부러울 게 없다는 생각이 든다. 나의 산책 파트너 오페라는 순간을 온전히 즐길 줄 아는 멋진 강아지다. 지난 일을 붙잡지 않고, 오지 않은 내일을 걱정하지 않는다. 남과 비교하지도 않는다.

산에 사는 야생동물은 시골에 지천으로 자라는 여러해살이풀인 원추리를 딱 필요한 만큼만 먹는다. 스승 아닌 것이 없다.

인간의 욕심은 끝이 없다. 산나물은 물론이고, 동물들의 겨울 양식인 도토리나 밤까지 욕심껏 가져가 버린다.

요리도 마찬가지다. 적은 양의 요리는 손이 많이 가지 않는다. 힘에 부쳐서 하지 못할 정도의 요리는 많지 않다. 맛있으면 다른 방법으로도 한 번 만들어 보고 그렇게 하다 보면 서툴러도 자기만의 소중한 레시피가 하나둘 생긴다.

두 줌의 나물을 무치고 싶을 때 한 줌만 무쳐 보자. 두 줌 담고 싶은 욕심을 한 줌으로 줄이면 모자란 듯해도 그만큼 나만의 이야기가 담긴 밥상이 된다.

30

가지가지 요리에 쓰이는 가지와
흔하디 흔한 꽈리고추

가지찜과 꽈리고추찜

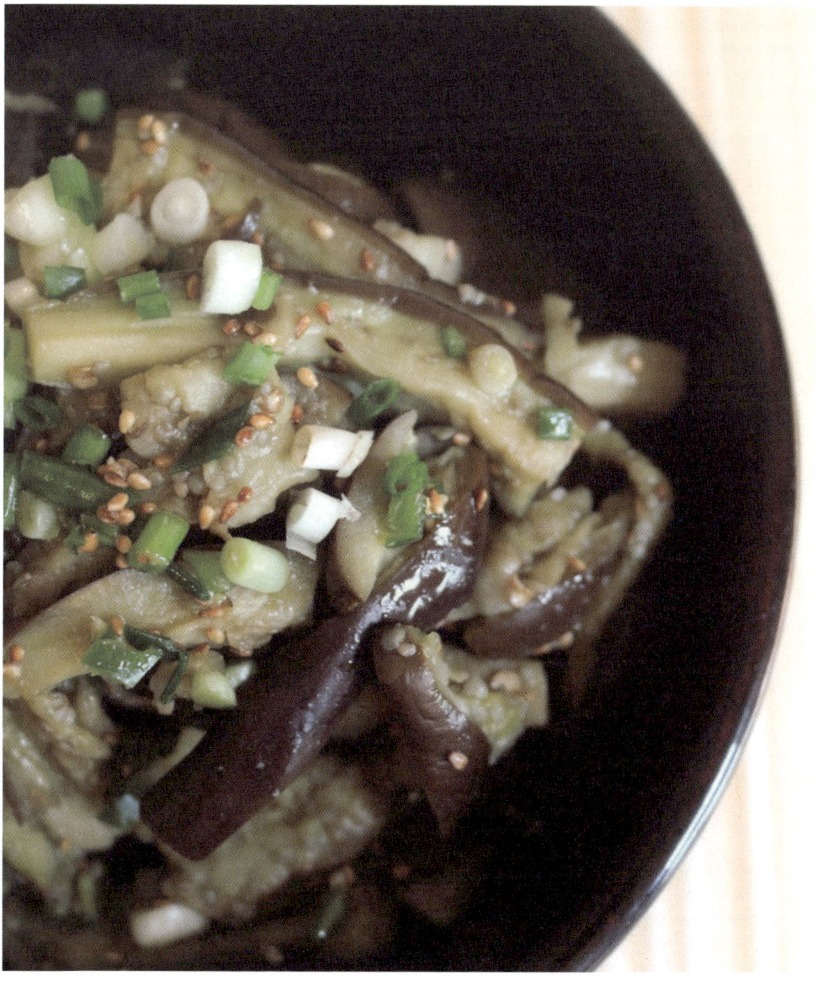

건강을 위해 음식을 찾아다니는 분, 항암 치료 중인 분들이 수업에 오시면 내게 조심스럽게 묻는다.

"내가 잘 해낼 수 있을까요?"

낯선 재료, 처음 보는 조리법, 손에 익지 않은 과정에 대한 막연한 부담과 두려움이 느껴진다. 하지만 시골의 작은 연구소에까지 발걸음을 했다는 것은 이미 그 마음 안에 작지만 단단한 용기가 생겼다는 뜻이다.

요리에는 시간이 필요한 경우가 많다. 단군신화 속 웅녀가 마늘을 먹고 기다렸던 것처럼은 아니더라도 기다림은 때때로 중요한 과정이다. 장을 담그는 시간이 그렇다. 항아리 속 장은 햇빛과 바람, 때로는 비를 맞으며 천천히 익어 간다.

서툴러도 괜찮다. 우리는 모두 아기였던 시절이 있고, 한 걸음 한 걸음 떼며 걸음마를 배운 사람들이다. 요리도 다르지 않다. 처음은 누구에게나 어렵지만 그 시작을 내딛는 것만으로도 의미 있는 첫걸음이 된다.

가지가지 요리에 쓰이는 가지와 흔하디 흔한 꽈리고추를 가장 기본적인 방식으로 찌고 무쳤다. 그야말로 첫걸음마처럼 단순한 조리법이지만 무침은 대성공이었다. 오신 분들은 전통 장이 이렇게 깊고도 부드러운 맛을 낼 줄 몰랐다며 꼭 정월장을 담가 보겠다는 다짐을 남겼다.

 **재료(2인분)**

가지 2개
꽈리고추 10개
밀가루 2큰술
청장(전통 간장) 1큰술
깨소금 1큰술
고춧가루 1작은술(선택)

만드는 법

1 가지를 씻어 적당한 크기로 자른다.
2 찜기에 넣고 5~7분 정도 찐다.
3 꽈리고추는 씻어 꼭지를 살짝 정리한다.
4 밀가루를 골고루 묻혀 찜기에 넣고 3~5분간 찐다.
5 청장(전통 간장), 깨소금, 고춧가루를 잘 섞어 준비한다.
6 찐 가지와 꽈리고추를 양념장에 넣고 조심스럽게 버무린다.
7 그릇에 담는다.

TIP

* 찐 가지는 살짝 찢어서 양념을 하면 잘 스며들어 맛이 깊어진다.
* 꽈리고추는 푹 찌지 말고 살짝만 쪄야 아삭하다. 담백하게 무치고 싶으면 고춧가루를 넣지 않는다.

31

네 가지 쌈밥 도시락

네 가지 쌈밥 도시락

간단하게 도시락을 싸서 동네 나
들이를 했다. 오랜만에 도반 스님이
서울에서 내려와 나와 진엽 스님,
파랑이, 오페라가 함께 길을 나섰
다. 나이가 든 선우는 많이 걸으면
힘들어해서 먼저 진엽 스님과 짧은
산책을 했다. 도시락 요리는 쌈밥.

찌고, 데치고, 싸고! 파랑이와 오페라의 간식 가방에는 물, 물그릇, 좋아하는
간식들이 들어 있다.

 **재료(3인분)**

- **쌈 재료** 곰취 6~8장, 호박잎 6~8장, 상추 6~8장, 백김치 6~8장
- **밥 재료** 쌀밥 2½~3공기 분량(따뜻하게), 참기름 1큰술, 소금 약간
- **쌈장 재료** 된장 1.5큰술, 고추장 1큰술(선택), 참기름 1/2큰술, 다진 견과류 또는 볶은 들깨 1큰술(선택), 다진 마늘 약간(선택), 조청 또는 매실청 약간

만드는 법

1 **쌈잎 준비.** 상추는 깨끗이 씻어 물기를 제거한다. 호박잎은 김 오른 찜기에 3분 정도 쪄서 펼쳐 놓는다. 곰취는 살짝 데쳐 물기를 꼭 짠다. 백김치는 국물을 꼭 짜서 준비한다. 백김치가 없을 때는 포기김치를 씻어서 사용한다.

2 **밥 준비.** 따뜻한 밥에 참기름과 소금을 약간 넣고 밥알이 뭉그러지지 않게 살살 비빈다.

3 **쌈장 만들기.** 쌈장 재료를 모두 섞어서 쌈장을 만든다.

4 **쌈 만들기.** 잎 1장을 펼쳐 밥 1큰술 얹고 쌈장을 약간 올린 뒤 흐트러지지 않게 돌돌 말거나 양끝을 접어 동그랗게 싼다. 각 잎마다 4~6개씩 만들어 네 종류로 나누어 놓는다.

5 도시락에 종류별로 나란히 담고 상추나 곰취를 한 장씩 깔아 주면 마르는 것을 막아 주고 정갈해 보인다.

TIP 쌈장이 짜거나 많으면 밥이 눅눅해지므로 아주 소량만 중앙에 살짝 넣는다.

월화수목금금금, 휴일이 없는 그대에게

비빔밥 | 물김치

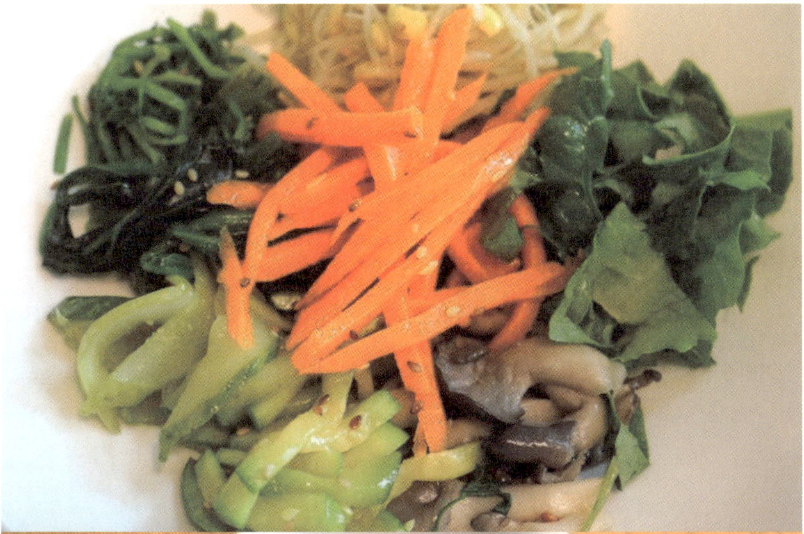

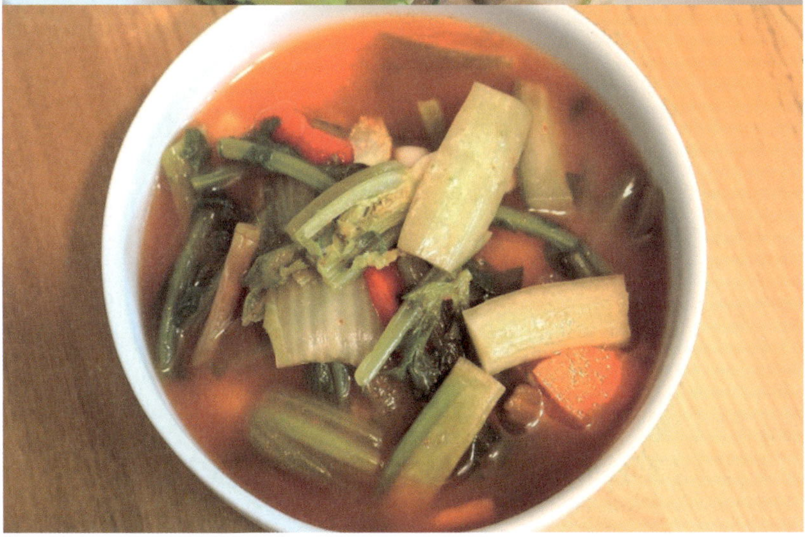

진엽 스님은 늘 이렇게 말한다.

"우리에게 휴일은 없다. 월화수목금금금이다."

강아지 선우, 오페라, 파랑이 덕분에 우리는 비가 오나 눈이 오나 365일 하루도 거르지 않고 하루 열다섯 번씩 산책을 나가기 때문이다. 선우와 오페라, 파랑이 모두 나이가 들었지만 우리에게는 강아지고, 아이들 셋이 하루 다섯 번씩 나가니 열다섯 번이다. 나는 가끔 산책을 빼먹을 때가 있는데 진엽 스님은 알면서도 모르는 척해 준다.

그래서 진엽 스님이 맛있게 먹고 기운도 내라고 애정을 가득 담은 비빔밥을 만들었다. 간단한 나물 비빔밥이지만 정성에 정성을 다해 준비했다. 물김치도 미리 담갔다.

"비빔밥인가 보네요?"

들켜 버렸다. 조용히 준비했는데 금세 알아차리다니. 비빔밥 예찬론자인 나는 비벼 먹고, 진엽 스님은 나물을 반찬으로 해서 맛있게 먹었다. 나는 모든 재료가 어우러진 비빔밥이 좋고, 진엽 스님은 각 나물들의 개성을 좋아한다.

비빔밥

재료(2인분)

따뜻한 밥 1공기, 콩나물 한 줌(100g), 시금치 한 줌, 당근 1/2개(채썰기), 애호박 1/2개(채썰기), 버섯 한 줌(느타리버섯, 표고버섯 등), 상추 또는 생채소 약간, 채소 볶음·무침용 기본 양념(소금, 볶음용 기름, 참기름, 통깨, 간장 약간씩)

양념장 재료

고추장 2큰술, 참기름 1큰술, 매실청 또는 조청 1큰술, 통깨 약간, 다진 마늘 아주 소량(선택)

만드는 법

1 콩나물은 소금 넣은 물에 5분간 삶고, 물기를 빼서 참기름과 소금을 약간 넣고 무친다.
2 시금치는 끓는 물에 데쳐서 찬물에 헹군 후 간장, 참기름을 넣고 무친다.

3 당근, 애호박은 각각 약간의 소금을 뿌리고 기름으로 볶는다.

4 버섯은 기름 없이 마른 팬에 볶거나, 기름 조금 넣어 구운 후 간장으로 살짝 간한다.

5 상추 등 생채소는 깨끗이 씻어 물기를 제거한 후 먹기 좋게 썬다.

6 양념장 재료를 모두 넣고 섞어 양념장을 만든다.

7 따뜻한 밥을 그릇에 담고 각 나물을 색감에 맞춰 보기 좋게 올린다. 양념장과 참기름은 취향껏 넣을 수 있도록 따로 낸다.

TIP 나물 양념은 간을 약하게 하되 고추장 양념과 섞였을 때 맛이 어우러지도록 조절한다.

물김치

 **재료(2인분)**

알배추 1/3통(또는 열무, 얼갈이배추 대체 가능), 무 100g, 당근 1/4개, 오이 1/4개, 미나리 한 줌, 홍고추 1개(맵지 않은 것), 소금물(물 2컵 + 소금 1작은술)

물김치 국물 재료

물 3컵, 채수 1/2컵(채수가 없을 때에는 다시마 우린 물 1/2컵), 굵은 소금 1큰술, 고춧가루 1작은술(선택), 배즙 또는 사과즙 2큰술, 밥 1큰술(물 2큰술을 넣고 간다)

만드는 법

1 알배추는 한입 크기로 자르고, 무와 오이, 당근은 얇게 썬다.

2 미나리는 4~5cm 길이로 썰고, 홍고추는 어슷썰기 한다.

3 소금물(물 2컵 + 소금 1작은술)에 채소를 20~30분 절여 물기를 살짝 빼는 식으로 약간 절인다. 너무 절이지 않아야 채소 본연의 맛이 산다. 절이지 않고 생채소 그대로 할 때는 소금 간을 짭짤하게 해야 한다. 짭짤하지 않게 하면 미나리에서 싹이 날 수 있다.

4 믹서에 밥 1큰술과 물 2큰술을 넣고 곱게 간다. 여기에 물 3컵, 채수 1/2컵, 소금, 배즙 또는 사과즙, 고춧가루를 섞어 자연스럽고 순한 물김치 국물을 만든다.

5 절인 채소와 국물을 섞어 밀폐 용기에 담고, 실온에서 12~24시간 발효 후 냉장 보관한다. 여름에는 하루 정도 실온에 두었다가 냉장 보관한다. 겨울에는 1~2일 정도 실온에 두었다가 냉장 보관한다.

33

다이어트에 딱! 곤약덮밥

곤약으로 만드는 오징어덮밥

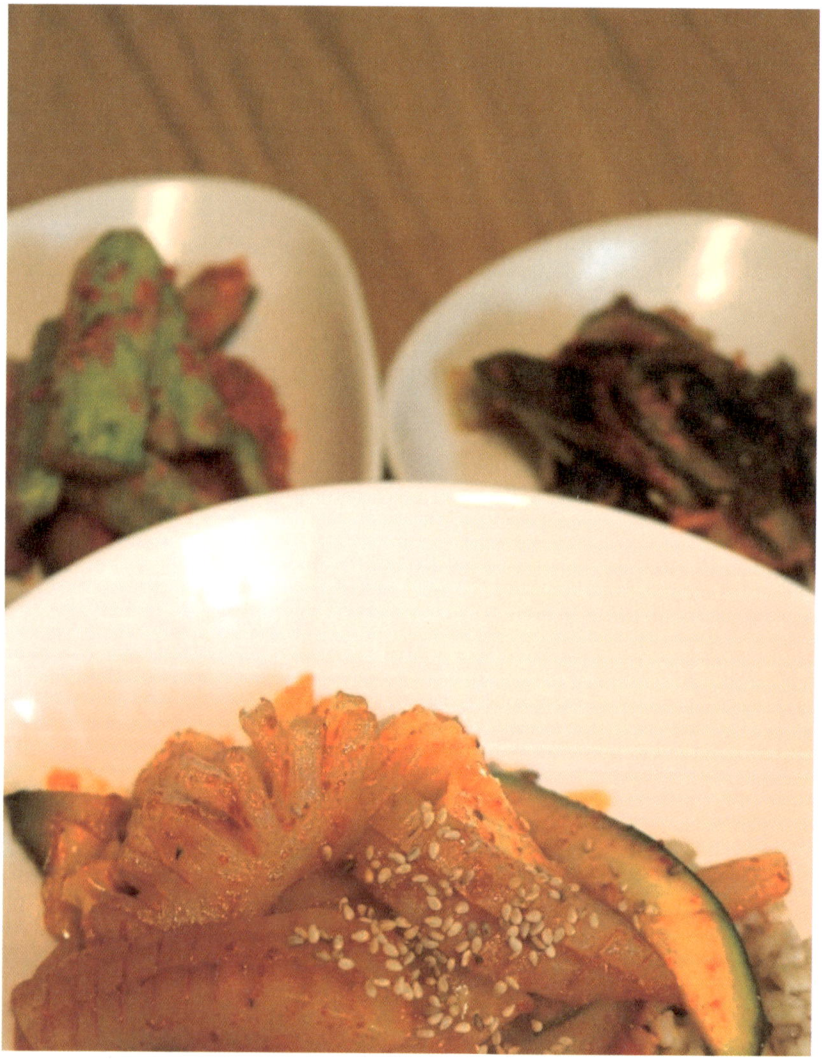

비가 내리는 날 절에서는 공양주와 채공 스님들이 별식을 준비한다.

비 오는 오늘, 우리도 별식을 준비했다. 오징어 없는 오징어덮밥.

오징어는 곤약으로 대신한다. 곤약은 다이어트 재료에 딱이다.

곤약으로 만드는 오징어덮밥

 **재료(2인분)**

밥 1공기
곤약 200g
양파 1/2개
당근 1/3개
파프리카(빨강, 노랑)
　각 1/4개
대파 1/2대
식초 1큰술
기름 약간

양념장 재료

고추장 1큰술
간장 1큰술
고춧가루 1/2큰술
다진 마늘 1작은술
설탕 1/2큰술
올리고당 1큰술
참기름 1큰술
후추 약간

만드는 법

1 곤약을 먹기 좋은 크기로 썰어 칼집을 넣는다.

2 끓는 물에 식초 1큰술을 넣고 곤약을 30초간 데친 후 헹궈 물기를 제거한다. 곤약 특유의 향을 없애고 탱글한 식감을 살리는 방법이다.

3 양파, 당근, 파프리카를 가늘게 채 썬다. 대파는 어슷하게 썬다.

4 고추장, 간장, 고춧가루, 다진 마늘, 설탕, 올리고당, 참기름, 후추를 넣고 섞어 양념장을 만든다.

5 팬에 기름을 두르고 중불에서 먼저 대파를 볶아 파기름을 낸다.

6 파기름에 양파, 당근, 파프리카를 넣고 볶다가 곤약을 넣고 1~2분간 더 볶는다.

7 ❻에 준비한 양념장을 붓고 잘 섞으며 볶는다.

8 그릇에 밥을 넣고 그 위에 담아 낸다.

34

예뻐서 감탄하는 샐러드

두부 치즈 | 두부 치즈 카프레제

미리 만들어 놓은 두부 치즈로 미니 카프레제를 만들었다. 상큼한 금귤과 텃밭 바질로 봄을 부른다. 카프레제는 토마토와 모차렐라 치즈 위에 드레싱을 얹는 이탈리아식 샐러드다. 손이 많이 가지 않는 것에 비해 한 접시 담으면 예뻐서 모두 감탄한다.

의외로 보리밥과 된장찌개, 나물 등이 올라간 소박한 한식 밥상에도 두부 치즈 카프레제는 어울린다. 밥상이 금세 화사해지는 마술. 제철 식재료의 다양한 색이 만드는 마술이다.

두부 치즈

 **재료**

쌀누룩 요거트 100mL
연두부 300g
굵은 소금 1작은술

만드는 법

1. 모든 재료(쌀누룩 요거트, 연두부, 굵은 소금)를 큰 그릇에 넣고 핸드블렌더로 잘 갈아 부드러운 크림처럼 만든다.
2. ❶을 유리병에 담고 면보나 종이 키친 타월로 덮는다.
3. 실온에서 24시간 동안 발효시킨다.
4. 24시간 후에 면보를 밭쳐서 유청을 거르듯 수분을 적당히 뺀다. 수분을 천천히 빼면 단단한 비건 치즈가 된다.
5. 완성된 비건 치즈는 바로 사용하거나 냉장 보관한다.

두부 치즈 카프레제

 **재료(2인분)**

단단한 두부 치즈 100g(두부 치즈가 없으면 두부의 물기를 빼서 팬에 구워 사용해도 된다), 방울토마토 6~8개, 생바질 약간(없으면 어린잎채소), 금귤 3~4개(씨를 제거한 후 껍질째 슬라이스), 발사믹 식초 1작은술, 소금 약간, 후추 약간

보리순 드레싱 재료

보리순 가루, 올리브 오일 2큰술, 소금 2~3꼬집, 산미 조절용 아가베 시럽 또는 조청 약간(선택), 물 1/2큰술(텍스처 조절용)

만드는 법

1 두부 치즈를 1cm 두께로 얇게 저민다. 두부 치즈가 만들기 어려우면 수분 뺀 두부를 구워서 사용한다.

2 방울토마토는 반으로 자른다.

3 접시에 두부 치즈와 자른 방울토마토를 번갈아 올리고 금귤도 올린다.

4 보리순 드레싱 재료를 믹서나 블렌더에 모두 넣고 곱게 간다. 기호에 따라 건더기를 체에 한 번 걸러도 된다.

5 보리순 드레싱을 위에 살짝 끼얹고, 생바질 또는 어린잎채소를 올린다.

6 마지막에 소금과 후추, 발사믹 소스를 살짝 뿌린다.

스님, 봄동이 슬퍼요?

봄동은 봄의 나물이다. 가격도 착하고, 국이나 겉절이를 하고, 전도 부치고, 데쳐서 쌈으로도 먹는다. 상에 다양하게 올릴 수 있으니 장을 볼 때 빠트리지 않는다.

봄동을 씻다가 문득 돌아가신 엄마 생각이 났다. 김장김치가 싫증 날 때쯤 봄동으로 겉절이를 해서 먹으면 좋다고 하시던, 겉절이 무칠 때 맛보라고 쏘옥 입에 넣어 주시던 모습이 생각났다. 나도 모르게 훌쩍거리니 진엽 스님이 달려왔다.

"스님, 봄동이 슬퍼요?"

해맑게 묻는 모습에 갑자기 웃음이 터졌다.

시간이 지나면 괜찮아질 줄 알았는데 아니다. 그래서 시간이 지나면 괜찮아진다는 말을 쉽게 하지 못한다. 시간이 약이라는 말은 효과가 없으므로.

새들에게 나눔 받은 산초 열매로 만들기

산초 장아찌

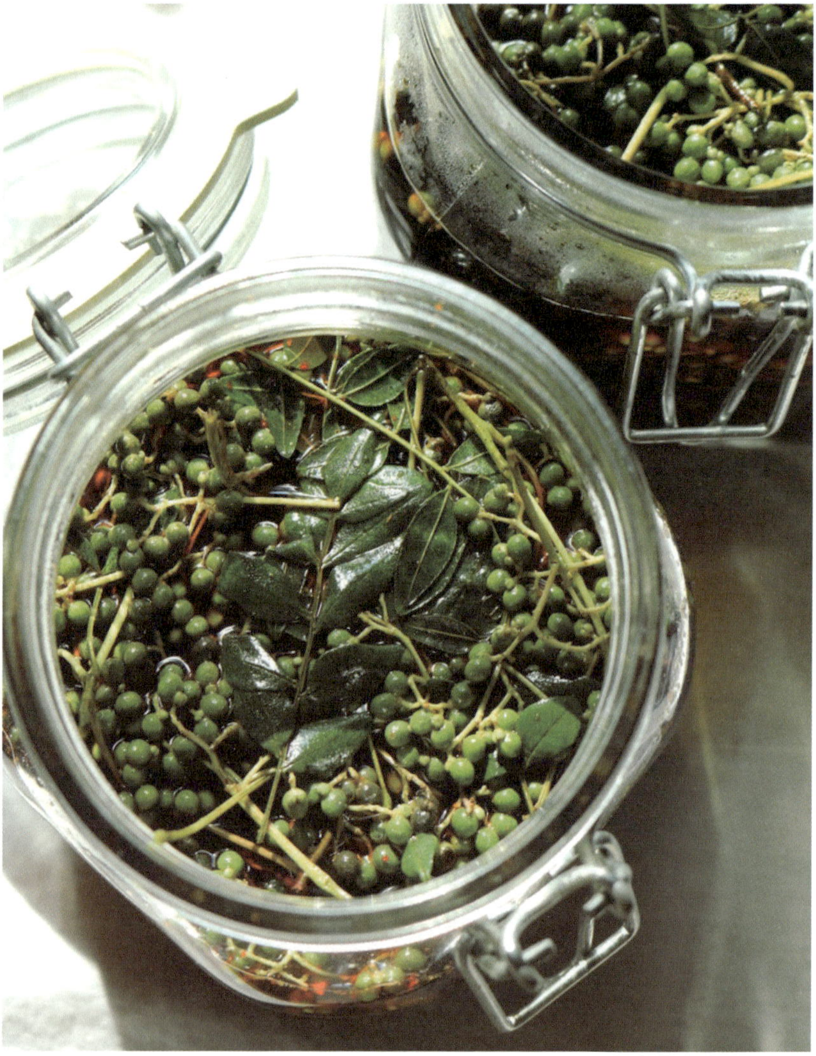

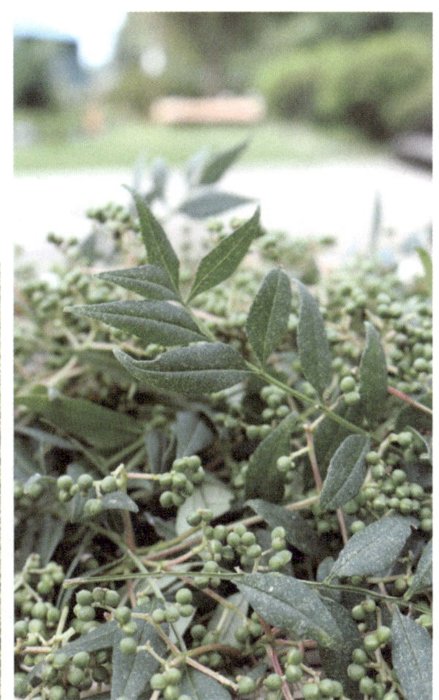

크고 작은 산들이 이어져 있는 작은 오솔길에 산초나무들이 꽤 많이 보이는 것을 보니 새들이 많이 옮겨다 놓았나 보다. 손이 닿는 부분까지만 땄는데도 한 소쿠리 가득이다. 아주 연한 열매들은 새들이 미리 따 먹었고, 나도 새들 몫을 나눔 받는 거라서 나무 다치지 않게 조심한다. 열매를 정리하면서 같이 따라온 벌레들이 있으면 밖으로 내보내 준다. 그래도 혹시 미처 나가지 못한 생명들이 있을까 봐 장독대에서 하룻밤을 재운다. 그래서 산초 장아찌는 다음 날 만든다.

나는 산초 장아찌를 식초 없이 담백하고 오래 보관하도록 만드는데, 새콤한 맛을 좋아한다면 끓인 간장물이 적당히 식었을 때 입맛에 맞게 식초를 추가한다. 나는 미리 만들어 둔 맛간장 하나로 요리를 하는데 취향에 따라 간장, 설탕 등으로 조합하면 된다. 맛을 보아 가며 취향껏 비율을 맞추는 것이 본인에게 맞는 실패 없는 비율이다. 산초 장아찌는 만들어 놓고 나면 든든한 밑반찬이라 뿌듯하다.

 **재료**

산초 200g
끓인 물 적당량(데칠
　때 사용)

맛간장 재료

진간장 1컵(200mL)
물 1컵(200mL)
설탕 2큰술
통후추 1작은술(선택)
다시마 5×5cm 1장
　(선택)

만드는 법

1 산초를 깨끗이 씻고 양푼이나 볼에 담는다.
2 산초 위에 팔팔 끓인 물을 붓고 1~2분간 그대로 둔다.
3 색이 변하면 체에 걸러 물을 따라 내고 식힌다.
4 냄비에 진간장, 물, 설탕을 넣고 중불에서 끓인다.
5 설탕이 완전히 녹으면 불을 끄고 통후추, 다시마를 넣어 잠시 우린다.
6 완전히 식힌 후 다시마는 건져 낸다.
7 밀폐 용기에 데친 산초를 가지런히 담는다.
8 완전히 식힌 간장 물을 붓는다.
9 실온에서 하루 숙성 후 냉장 보관한다.

TIP 오래 보관하려면 3~4일 후에 산초만 따로 건진 다음 장아찌 간장 물을 따로 끓인다. 완전히 식힌 후 산초를 다시 담아 부으면 장기 보관이 가능하다.

들깨로 만드는 제철 보양식

생들깨탕 | 생들깨 수프 | 가지볶음 | 우엉조림 | 꽈리고추볶음

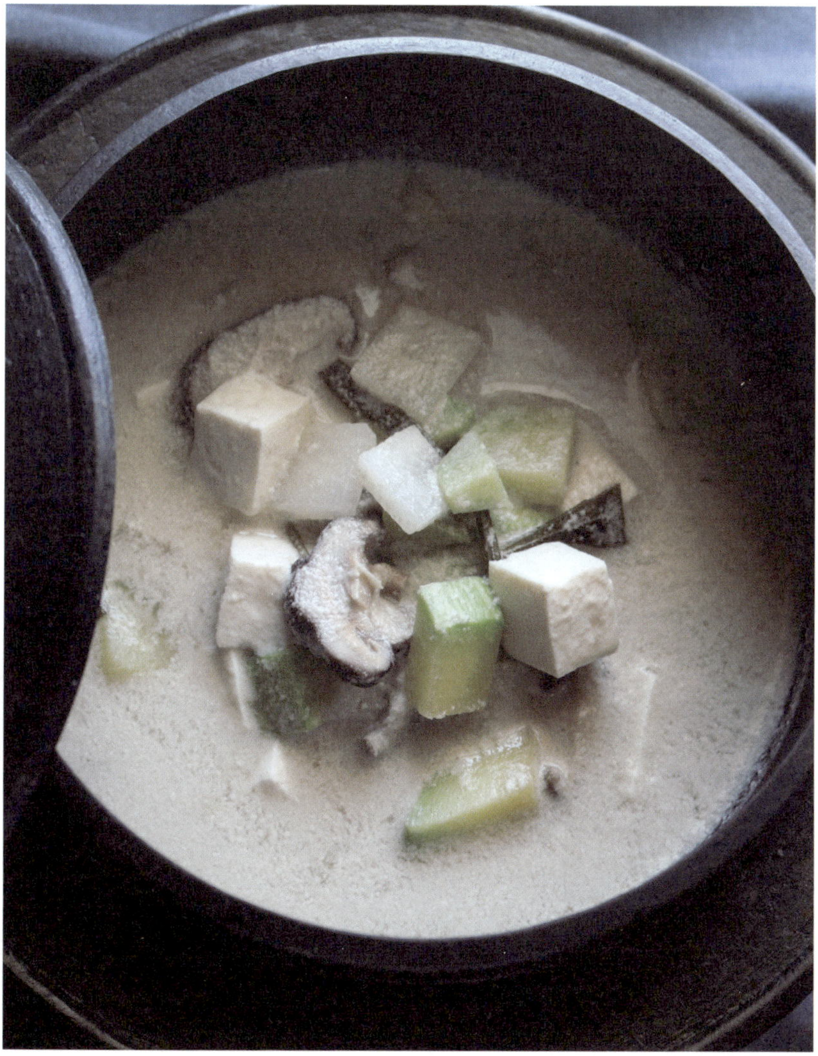

들깨로 만드는 모든 요리는 만들기도 쉽고 먹으면 든든한 제철 보양식이다. 중요한 것은 들깨탕이나 수프 등 들깨즙이 들어가는 요리를 할 때는 거피(콩, 팥 등의 껍질을 벗기는 것)를 내지 않은 생들깨를 써야 고소하다.

생들깨탕과 생들깨 수프는 만드는 방법이 같다. 생들깨탕에 여러 가지 채소가 들어가는 것만 다르다. 여러 채소를 다듬기 부담스러우면 다 생략하고 무 또는 두부 한 가지만 넣어도 된다.

가지볶음은 부드럽고 촉촉한 요리고, 꽈리고추볶음은 매콤하면서도 감칠맛이 나서 생들깨 요리와 함께 먹기에 좋다.

가지볶음과 꽈리고추볶음 요리를 할 때에는 청장과 조청을 활용하면 자극적이지 않고 깊은 맛이 나는 건강한 요리가 된다. 전통 간장과 청장은 모두 우리나라 전통 장이다. 전통 간장은 중심을 잡아 주는 진한 맛, 청장은 곁에서 어우러지는 부드러운 맛이다. 같은 간장이지만 쓰임에 따라 그 음식이 전해 주는 인상이 달라진다. 전통 간장은 짠맛이 강하고 깊은 향이 있어 국이나 나물 같은 음식의 간을 맞출 때 사용하고, 청장은 맑고 부드러운 간장이라 자극 없는 요리, 맑은 국물에 어울린다. 둘 다 전통 방식으로 발효시켜 만든, 우리 음식의 기본 맛을 만들어 주는 소중한 장이다. 《규합총서》에 청장 만드는 방법이 기록되어 있다.

생들깨탕

생들깨 수프

생들깨탕

 **재료**(2~3인분)

생들깨 1컵
애호박 1/2개
당근 1/3개
감자 1개
말린 표고버섯 3~4개
기름 약간
굵은 소금 약간

 **만드는 법**

1 생들깨를 곱게 간 후 면보에 한 번 걸러 들깨즙을 준비한다.
2 애호박, 당근, 감자, 말린 표고버섯을 적당한 크기로 썬다.
3 냄비에 기름을 두르고 적당한 크기로 썬 채소를 살짝 볶는다.
4 준비한 들깨즙을 ❸에 붓고 한소끔 끓여 준다.
5 마지막에 굵은 소금으로 간을 맞춘다.

TIP 채소를 기름에 볶는 과정 대신 미리 쪄서 들깨즙을 붓고 끓이면 훨씬 담백하다.

생들깨 수프

 **재료**(2~3인분)

생들깨 1컵
무 1/3개(또는 감자 1개)
찹쌀 가루 1큰술(선택)
굵은 소금 약간

 **만드는 법**

1 생들깨를 곱게 갈아 면보에 걸러 들깨즙을 준비한다.
2 무(또는 감자)를 얇게 썰어 냄비에 넣고 들깨즙과 함께 끓인다.
3 찹쌀 가루를 물에 개어 준비한 후 한소끔 끓인 수프 ❸에 넣어 걸쭉하게 만든다. 묽은 느낌이 좋다면 생략 가능하다.
4 마지막에 굵은 소금으로 간을 맞춘다.

가지볶음

 **재료(1~2인분)**

가지 1개
기름 약간(현미유, 올리브 오일 등)
소금 약간
청장(선택)

 **만드는 법**

1 가지를 어슷하게 썰어 준비한다.
2 팬에 기름을 두르고 중약불(중불과 약불의 중간)로 가열한다.
3 어슷썬 가지를 넣고 소금을 약간 뿌린 뒤, 타지 않도록 중불에서 볶는다.
4 가지가 부드러워지면(약 3~4분) 불을 끄고 청장을 추가해 간을 맞춘다.

우엉조림

 **재료(1~2인분)**

우엉 1줄기
기름 1큰술
조청 1큰술
청장 1큰술

 **만드는 법**

1 우엉을 연필 깎듯이 깎아 먹기 좋은 크기로 준비한다.
2 팬에 기름을 두르고 우엉을 중약불에서 천천히 볶는다.
3 ❷에 조청과 청장을 넣고 약불에서 졸인다.
4 윤기가 나도록 잘 졸여지면 완성이다.

꽈리고추볶음

재료(1~2인분)

꽈리고추 한 줌(꼭지 제
　거 후 길게 칼집 내기)
기름 약간
소금 약간
청장(선택)

만드는 법

1 꽈리고추 꼭지를 제거한 후 터지는 것을 방지하기 위
해 칼집을 길게 낸다.
2 팬을 달군 후, 기름을 두르고 중불에서 가열한다.
3 팬에 꽈리고추를 넣고 소금을 살짝 뿌린 후, 센 불에
서 빠르게 볶는다.
4 청장을 넣을 수도 있다.
5 숨이 살짝 죽으면 불을 끄고 접시에 담는다.

식재료의 중요성, 고구마순과 들깨는
무조건 맛있는 조합이다

고구마순 생들깨 파스타

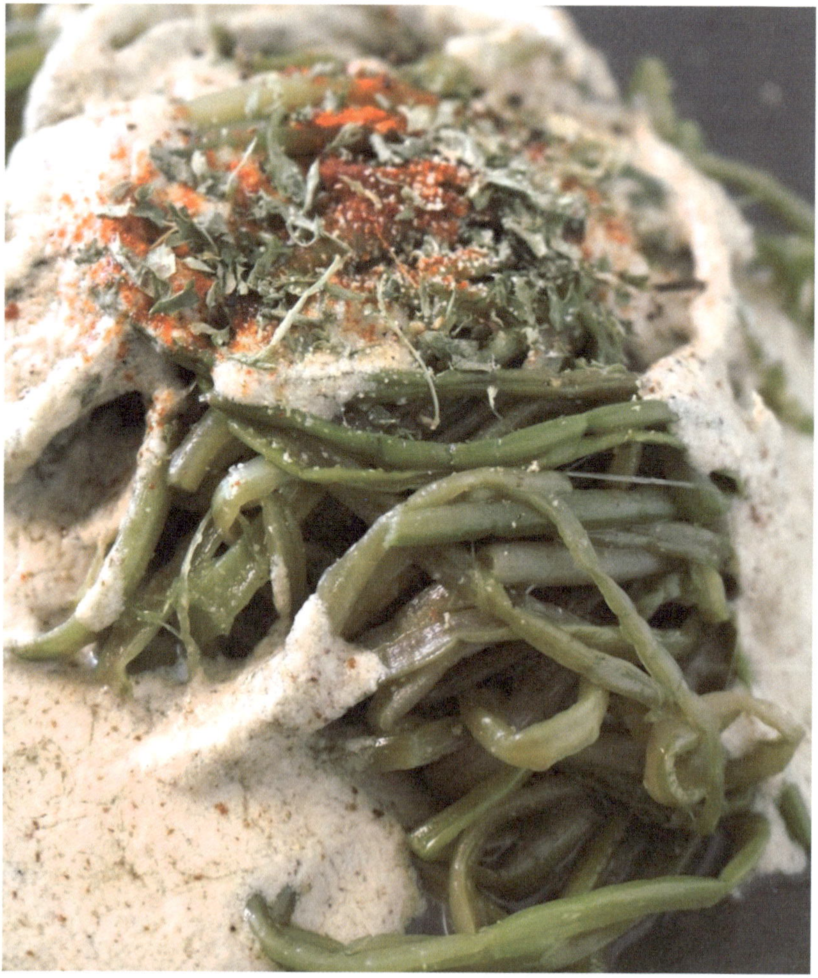

요리 특강에 오는 분들은 대체로 식재료의 중요성을 잘 알고 있다. 많은 사람들이 요리를 하면서 놓치는 것 중 하나가 바로 식재료다. 좋은 식재료를 고르고 또 골라야 하는 이유는 백 번 강조해도 부족하다. 씨앗이나 모종이 유전자 조작된 것은 아닌지, 화학비료로 자란 것은 아닌지 꼼꼼히 살펴야 한다.

화학비료를 많이 사용해서 키워진 채소를 구별하는 방법은 생각보다 어렵지 않다. 냉장고나 실온에 오래 두었을 때 화학비료로 키워진 채소는 고약한 냄새가 나고 물이 생긴다. 반면 건강하게 자란 채소는 아무 냄새 없이 조용히 시들어 간다.

고구마순과 들깨는 무조건 맛있는 조합이자 진한 고소함과 건강함이 어우러진 조합이다. 오래 꼭꼭 씹을수록 파스타가 맛있어진다.

고구마순 생들깨 파스타

 **재료**(1~2인분)
고구마순 한 줌, 생들깨 1컵, 올리브 오일 2큰술, 소금 또는 전통 간장(또는 진간장) 1작은술, 후추 약간, 파슬리 가루 약간, 파프리카 가루 또는 고춧가루(선택)

만드는 법

1 고구마순 껍질을 벗긴다. 그냥 벗기면 손끝이 까매지니 살짝 데친 후 벗기면 쉽고 깔끔하게 벗겨진다.
2 고구마순을 국수 면발 길이로 자르고, 굵으면 두세 갈래로 찢는다.
3 팬에 올리브 오일을 두르고 고구마순을 볶는다. 그런 다음 그릇에 옮겨 소금 또는 전통 간장(없으면 시판 간장 가능)으로 간을 맞춘다.
4 생들깨를 곱게 갈아 면보에 걸러 생들깨즙을 만든다.
5 고구마순을 볶았던 팬에 생들깨즙을 붓고 한소끔 끓인다.
6 볶은 고구마순을 접시에 올리고, 끓인 생들깨 소스를 위에 붓는다.
7 후추, 파슬리 가루, 파프리카 가루(또는 고춧가루)를 살짝 뿌린다.

TIP 고구마순을 볶을 때 마늘을 추가하면 고소한 맛이 올라오면서 풍미가 더해진다.

39

텃밭 단골손님 고라니 가족

크지 않은 작은 텃밭에 단골손님들이 찾아온다. 근대를 뜯어 먹기도 하고, 진엽 스님이 꽃을 보려고 심어 둔 당아욱을 어느새 싹 먹어 치우기도 한다. 다행히 방울토마토와 텃밭 귀퉁이에 심어 놓은 자소(차조기, 차소엽, 차즈기 등으로도 불린다)는 잘 자라고 있다. 자소는 한 번 심어 두면 해마다 저절로 무성하게 자라는 고마운 작물이다.

어스름 저녁 무렵 파랑이, 오페라와 산책을 다녀오는 길에 엄마 고라니와 함께 온 아기 고라니를 마주쳤다. 텃밭의 단골손님인 고라니들이 식사를 마치고 돌아가는 길이었는데 우리가 마침 텃밭에 들어오는 바람에 맞닥뜨린 것이다.

우리는 가만히 서 있었다. 다 먹었으면 이제 가라는 신호였는데 신호가 잘못 전해졌나 보다. 엄마 고라니는 아기 고라니를 보호하려는 듯 갑자기 고래고래 울기 시작했다. 소리가 얼마나 큰지 모두 넋이 나갈 지경이었다. 유명한 고라니 우는 소리를 직접 듣게 되다니. 고라니 우는 소리는 마치 사람의 비명처럼 들렸다.

결국 점점 멀어지는 울음소리와 함께 고라니 가족은 산속으로 사라졌다. 더불어 살아가는 삶을 지향하는 우리의 작은 텃밭이 이제는 고라니들 사이에서도 맛집으로 소문이 났나 보다.

야심차게 고추 모종을 200주나 심었던 해가 있다. 고추 모종이 무럭무럭 자라 갈라지는 줄기를 떼 주어야 하는 시기가 왔다. 이른 아침 텃밭에 나가니 부지런한 고라니 농부가 먼저 다녀갔다.

고라니 농부들은 고춧잎 새순을 자라는 족족 다 따먹는다. 아욱, 바질, 루꼴라, 이탈리안 파슬리, 딜, 고수, 한련화, 호박, 가지, 오이, 토란…. 여러 채소가 있는데 고춧잎 새순이 고라니 입맛에 맞는 모양이다.

고라니 덕에 채소가 웃자라지 않아 고춧대를 세워 줄 필요가 없으니 여름 태풍에도 끄떡없다. 수확한 고추로 김장을 하겠다는 야심찬 계획은 물거품이 되었지만 고라니 덕에 서리 내릴 때까지 즐거운 농사를 지었다. 밭에 갈 때마다 고라니 농부가 왔다 갔나 살펴보며 즐거웠다. 다 고라니 농부 덕분이다.

40

냉면 뚝딱 만드는 채수 요리 에센스

채수 요리 에센스 | 채수 양념장 | 물냉면 | 비빔냉면

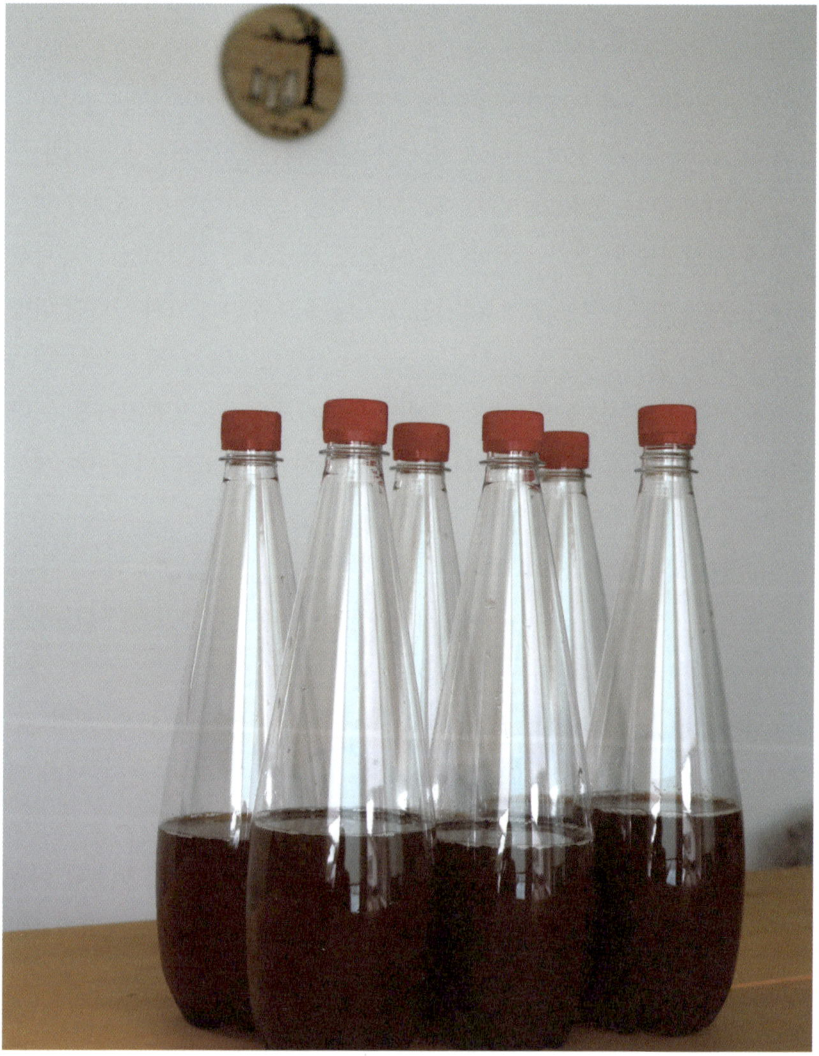

여름에는 역시 시원한 냉면이다. 예전 스님들은 여름이 오기 전 미리 냉면 국물을 만들어 두었다. 절에서도 여름에는 시원한 면 요리가 별식이기 때문이다.

여름이 아니라도 입맛 없을 때 입맛 잡기 딱 좋은 채소로 채수 요리 에센스를 만들어 두면 냉국도 물냉면도 비빔냉면도 다 만들 수 있다. 채수 요리 에센스는 만드는 데 시간이 오래 걸리지 않고 물냉면, 비빔냉면, 메밀국수, 비빔국수 등 두루두루 사용할 수 있는 것이 장점이다. 면을 삶아 채수 요리 에센스를 부으면 물냉면, 채수 양념장을 넣으면 비빔냉면이 된다. 이 양념장은 떡볶이, 얼큰 찌개, 볶음 요리 등 거의 모든 음식에 이용할 수 있다.

─── 채수 요리 에센스 ───

 **재료**

물 1L
다시마 큰 것 3장
설탕 10~15큰술
식초 5~10큰술(설탕과 식초는 취향에 따라 조절 가능)

만드는 법

1 다시마를 젖은 면포로 부드럽게 닦아 준비한다.
2 입구 넓은 깨끗한 병이나 밀폐 용기에 물 1L, 다시마, 설탕, 식초를 넣고 잘 저어 섞어 준다.
3 실온에서 6~8시간 또는 냉장고에서 하루 이상 우려낸다. 더 진하게 우리고 싶으면 다시마를 잘라서 넣으면 된다.
4 다시마를 건져 내고 액체는 냉장 보관한다. 건져 낸 다시마는 꾸덕하게 말려서 간식으로 사용할 수 있다.
5 4~5일간 사용 가능하며 더 오래 쓰려면 소분해서 냉동한다.

 **재료**

채수 요리 에센스
　25~30mL
고춧가루 1큰술
마늘 가루 1/2작은술
전통 간장(또는 진간
　장) 1큰술

 **만드는 법**

1 채수 요리 에센스에 고춧가루 1큰술, 마늘 가루 1/2작은술(또는 다진 마늘 약간), 전통 간장 또는 진간장 1큰술을 넣고 잘 저어 준다.
2 냉장 보관 시 2~3일 이내 사용하는 것이 좋다.

────── **채수 요리 에센스로 만드는 물냉면** ──────

 **재료(2인분)**

냉면 면(생면 또는 냉동면) 360~400g, 채수 요리 에센스 2/3컵(진하게 만든 것), 찬물 또는 생수 2컵, 식초 2큰술, 매실청 1~1.5큰술, 간장(또는 전통 간장) 1작은술(필요할 때 간 맞춤용), 소금 약간(간 조절용), 얼음 1/2컵(또는 냉장 보관 후 차게)

만드는 법

1 **냉면 국물 만들기.** 볼에 채수 요리 에센스, 찬물 또는 생수, 식초, 매실청을 넣고 잘 섞는다. 간을 보고 간장이나 소금을 아주 약간 추가해 간을 맞춘다. 완성된 냉면 국물을 냉장고에 넣어 차게하거나 얼음을 넣는다.
2 냉면 면을 삶고, 찬물에 비벼 가며 헹궈 전분기를 완전히 제거한 뒤 물기를 뺀다.
3 삶은 면을 그릇에 담고, 차가운 국물을 붓는다. 얼음도 함께 넣는다.
4 기호에 맞게 고명을 올려서 상에 낸다.

TIP 냉면 국물을 전날 만들어 냉장 숙성하면 훨씬 맛있다.

 ### 재료(2인분)

냉면용 메밀 면(생면 또는 냉동면) 360~400g, 고명(오이채, 배채, 김가루, 들깨 가루 등)

양념장 재료

채수 요리 에센스(진한 것) 5큰술, 고춧가루 1.5큰술(맵게 먹고 싶으면 2큰술), 매실청 또는 조청 1큰술, 식초 1큰술, 간장 또는 전통 간장 1작은술, 마늘 가루 또는 다진 마늘 소량(선택), 참기름 1작은술(선택)

만드는 법

1 냉면용 메밀 면을 삶은 후 찬물에 비벼 가며 헹궈 전분기를 완전히 제거한 뒤 물기를 뺀다.

2 양념장 재료를 모두 섞어 양념장을 만든다.

3 삶은 면에 양념장을 붓고 골고루 비빈다. 양념장은 한꺼번에 다 붓지 말고, 입맛에 따라 조절한다.

4 오이채, 배채, 김가루, 들깨 가루 등을 예쁘게 올려 상에 낸다. 자극 없이 담백하게 먹고 싶다면 참기름은 생략해도 좋다.

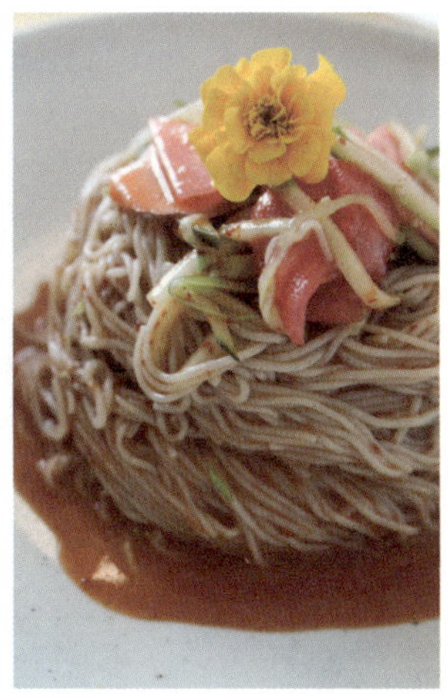

TIP 채수 요리 에센스를 희석하여 비빔냉면에 곁들여 내면 시원한 냉국 조합이 완성된다.

41

생된장과 된장,
시간 속 다른 숙성의 순간

생된장 미역냉국 | 우엉 & 봄나물 된장 크림 파스타

식생활 교육 활동가 양성 과정 날에 생된장 미역냉국과 우엉과 봄나물로 만든 된장 크림 파스타를 만들었다. 생된장은 미역의 비릿함을 잡아 주고, 된장이 들어간 크림 파스타는 느끼함을 잡아 준다.

생된장은 메주를 장독에 담가서 일정 시간이 지난 후 꺼내는 숙성 초기 상태의 된장이다. 색이 비교적 밝고 노르스름하거나 연한 갈색이며, 맛은 콩 본연의 맛이 더 도드라지고 산뜻하다. 단맛이나 감칠맛은 덜하지만 발효가 계속 진행되면서 시간이 지날수록 맛이 깊어진다.

된장은 숙성과 발효가 충분히 이루어진 상태의 장이다. 색이 짙고 갈색에서 다갈색에 가깝다. 짭짤하면서도 구수하고 깊은 맛이 나며 감칠맛과 풍미가 뛰어난 것이 특징이다. 숙성 기간이 길수록 맛은 더 안정되고 깊어진다.

용도 면에서도 차이가 있다. 생된장은 유익한 미생물이 살아 있어 쌈장처럼 생으로 먹거나, 나물무침 등 가볍게 조리한 음식에 적합하다. 반면 된장은 된장국이나 찌개, 조림처럼 끓이거나 오래 익히는 음식에 적합하다. 짠맛이 강하기 때문에 요리의 간을 맞출 때 중심 역할을 한다.

결국 생된장과 된장은 된장이 익어 가는 시간 속의 다른 순간이다. 생된장은 아직 무르익기 전의 풋풋함을 지닌 반면 잘 숙성된 된장은 오래 발효된 시간의 깊이를 품고 있다. 모두 된장이지만 맛도 성격도 다르게 빛나는 우리의 아름다운 발효 음식이다.

생된장 미역냉국

 **재료**(2인분)

건미역 5g
오이 1/3개(얇게 채썰기)
홍고추 1/2개(선택, 얇게 썰기)
통깨 1작은술
얼음 적당량

국물 양념 재료

생된장 1큰술
차가운 물 2컵
식초 1.5큰술(입맛에 맞게 조절)
설탕 1작은술
전통 간장 1작은술(또는 소금 약간)
다진 마늘 1/2작은술(선택)

만드는 법

1 건미역을 찬물에 5~10분 정도 불린 후 깨끗이 씻어 물기를 제거한다.
2 미역을 한입 크기로 썰어 준비한다.
3 볼에 차가운 물 2컵을 넣고 생된장 1큰술을 체에 걸러 푼다.
4 ❸에 식초, 설탕, 전통 간장(또는 소금), 다진 마늘을 넣고 잘 섞는다.
5 차가운 냉국을 원하면 얼음을 넣는다.
6 그릇에 준비한 미역과 오이를 채 썰어 담고 냉국을 붓는다.
7 홍고추와 통깨를 뿌려 장식하면 완성.

TIP 냉국을 미리 냉장고에 넣어 차갑게 식혀 두면 좋다.

우엉 & 봄나물 된장 크림 파스타

 **재료**(2인분)

스파게티 면 200g, 우엉 1/2개, 봄나물 한 줌(달래, 취나물, 두릅, 방풍나물 등 취향에 따라), 양파 1/4개(잘게 다지기), 마늘 2쪽(편 썰기), 올리브 오일 1큰술, 된장 크림 소스[두유 1컵(아몬드 밀크, 캐슈너트 갈아서 사용 가능), 된장 1큰술, 후추 약간], 후추 약간, 소금 약간

만드는 법

1 우엉은 껍질을 살짝 긁어낸 후 얇게 채 썬다.

2 채 썬 우엉을 10분 정도 찬물에 담갔다가 꺼내 물기를 뺀다.

3 봄나물은 씻어서 먹기 좋은 크기로 썰어 준비한다.

4 볼에 두유, 된장, 후추를 넣고 믹서기로 곱게 갈아 된장 크림 소스를 만든다.

5 ❹의 맛을 보고 된장의 농도에 따라 물을 약간 추가해 조절한다.

6 끓는 물에 소금을 넣고 스파게티 면을 삶는다. 푹 삶지 말고 1분 정도 덜 익게 삶는다.

7 면수를 1/2컵 정도 따로 남겨 둔다.

8 팬에 올리브 오일을 두르고 마늘과 양파를 약불에서 볶는다.

9 향이 올라오면 채 썬 우엉을 넣고 중약불에서 3~4분 정도 볶는다.

10 ❾에 면과 된장 크림 소스를 넣고 잘 섞으며 중약불에서 2분간 졸인다.

11 농도를 맞추기 위해 면수를 조금씩 추가하며 원하는 크리미한 질감을 만든다.

12 마지막에 준비한 봄나물을 넣고 살짝 버무려 불을 끈다.

13 그릇에 담고 후추를 뿌려 마무리한다.

TIP 견과류를 잘게 부숴 올리면 식감이 풍부해진다.

42

냉장고 털어서 만든 짜장면

채소 듬뿍 유니짜장

냉장고를 정리한 후 조금씩 남은 채소들을 도마 앞으로 집결시켰다. 채소를 많이 먹기 위해서 최대한 잘게 썰어서 유니짜장 만들기. 냉장고 속 남은 채소들을 총출동시킨다.

1인분 남은 쫄면으로는 쫄면짜장을, 1인분 남은 메밀 면으로는 메밀짜장을 만들기로 했다. 채식 짜장은 맛이 밋밋하다고 하는데 그렇지 않다. 채소를 달달 볶으면 맛있게 만들 수 있다.

온갖 채소와 냉동실에 있던 건조 콩 단백까지 넣어서 볶으면 시중에서 파는 짜장라면 그 맛이 난다. 건조 콩 단백은 대두 100퍼센트로 만드는 식물성 단백질로 수업할 때 가끔 소개한다.

쫄면과 메밀 면이 짜장과 잘 어울리는 것도 신기하고, 냉장고도 훤해질 수 있으니 좋다. 남은 채소 버리지 않고 알뜰하게 사용했다는 뿌듯함도 있다.

수업에서는 콩 단백을 사용하지 않는다. 채식을 처음 시작하는 분들에게는 고기 대체 식품이 있다는 정도로만 소개한다. 첨가물 없이 자연 그대로의 식재료로 이루어진 밥상을 지향한다. 빠르게 조리되는 음식보다는 발효의 시간을 기다리고, 기다림 끝에 재료 본연의 힘으로 깊은 맛을 내는 지혜를 나누고 싶어서다.

냉장고 속에 남은 재료를 알뜰하게 활용하다 보면 요리에 콩 단백이 들어간다. 냉장고 속 재료들을 버리지 않고 끝까지 활용하려는 마음은 내 삶을 아끼고 살피는 태도라고 생각한다. 음식을 아끼고 버리지 않으려는 그 마음은 탐욕을 비우고 생명을 소중히 여기는 자비의 시작일 것이다.

채식은 정해진 정답을 따르는 일이 아니라 각자의 삶 속에서 매일 조금씩 실천해 가는 과정이다.

채소 듬뿍 유니짜장

재료(2인분)

당근 1/3개
주키니 호박 1/3개
양배추 1/8통(80~100g)
새송이버섯 1개
건조 콩 단백 1/2컵(선택)
춘장 2큰술
기름 2큰술
물 1컵
조청 1큰술(또는 설탕)
간장 1큰술
후추 약간
면(쫄면, 메밀 면 등 선택)

만드는 법

1 당근, 주키니 호박, 양배추, 새송이버섯을 최대한 잘게 썰어 준비한다.
2 건조 콩 단백은 물에 불린다.
3 팬을 달군 후 기름 2큰술을 두르고 썰어 둔 채소를 강불에서 달달 볶는다.
4 팬 한쪽에 춘장을 넣고 기름에 살짝 볶은 뒤 볶은 채소와 고루 섞는다.
5 ❹에 간장과 조청을 넣는다.
6 ❺에 물 1컵을 붓고 물에 불려 둔 건조 콩 단백을 넣어 끓인다.
7 쫄면 또는 메밀 면을 삶아 그릇에 담고 짜장도 듬뿍 담는다.

TIP

* 채식 짜장의 핵심은 채소를 충분히 볶아야 깊은 맛이 난다는 것이다.
* 채소 듬뿍 유니짜장은 밥과도 찰떡궁합이다.

오늘 아침 공양상의 주인공은
길에서 주운 꽃가지

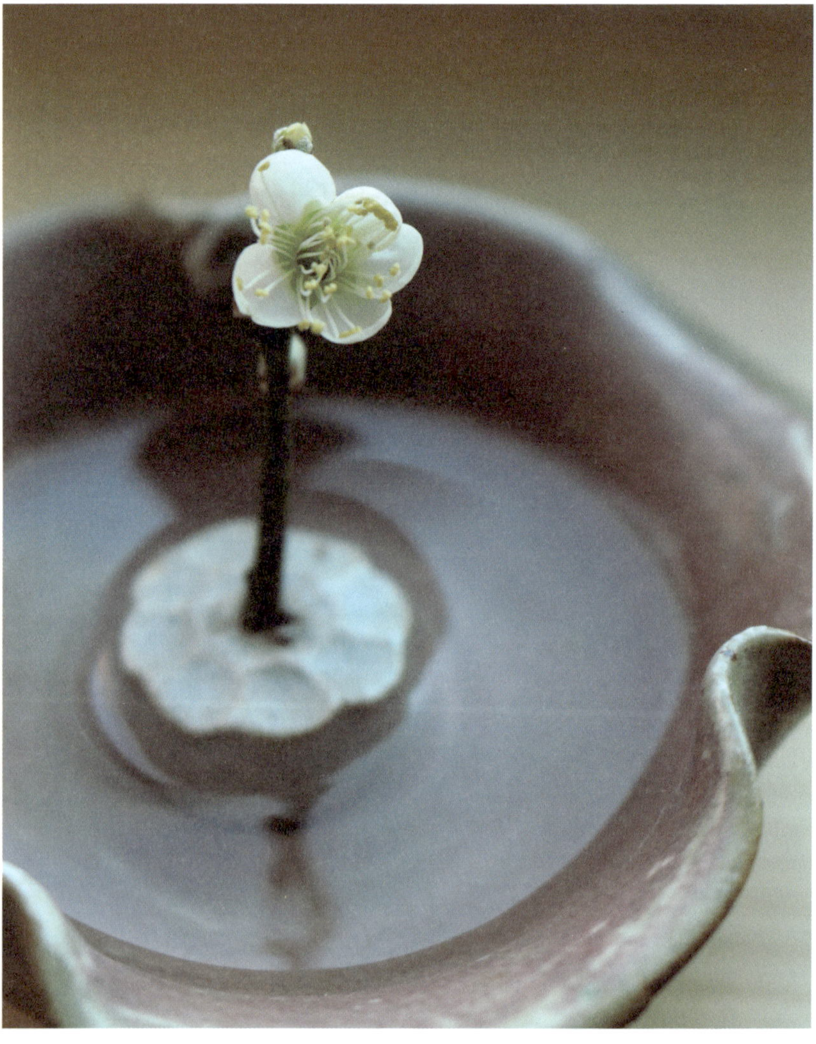

아침 일찍 파랑이, 오페라와 산책하고 돌아오는 길에 아직 피지 않은 푸른 꽃봉오리가 달린 매실나무를 만났다.

작고 단단한 꽃봉오리가 가지 끝마다 맺혀 있었다.

바닥에 떨어진 가지를 주웠다.

통통한 꽃봉오리가 곧 꽃을 피울 듯하다.

가지 하나 주운 게 이리도 즐겁다.

평소보다 더 여유롭게 아침 공양 준비를 했다.

아침 공양상의 주인공은 길에서 주운 꽃가지.

파랑이와 오페라 덕분에 그쪽 길로 가서 만나게 된 꽃가지다.

청매화가 피면 얼마나 향기로울까?

44

스님들의 밥상이 궁금하다

김치 콩나물 갱죽

많은 분들이 스님들의 밥상을 궁금해한다. 책이나 TV 등 여러 미디어를 통해 사찰 음식이 대중에게 많이 알려지면서 그런 관심이 더 커졌나 보다. 스님들 밥상이라고 특별한 것이 없는데도 궁금해한다.

전국 사찰의 스님들 공양 상이 모두 똑같지는 않을 것이다. 나의 공양 상은 식재료 본연 그대로를 사용하는 게 기본이다. 될 수 있으면 많이 가공하지 않고 찌거나 살짝 데친다. 기본 양념은 가공식품을 거의 구입하지 않고, 구입하게 된다면 포장지 뒷면의 글씨가 많지 않은 단순한 것을 택한다.

오늘 아침에 먹은 밥상을 소개한다. 으슬으슬 감기 기운 있을 때, 감기 앓고 난 뒤에 먹으면 좋은 김치 콩나물 갱죽이다. 채소를 넣고 멀겋게 끓인 죽을 갱죽이라고 한다.

김치 콩나물 갱죽

 **재료**(2인분)

쌀 1/2컵(미리 씻어서 체에 밭쳐 준비), 김치 1컵, 콩나물 한 줌, 다시마 1장(5x5cm), 물 4컵, 전통 간장 1큰술(또는 소금)

만드는 법

1 쌀을 씻어 체에 밭친 채 10~15분간 둔다. 물에 담가 불리지 않는다.
2 냄비에 물 4컵과 다시마를 넣고 끓인다. 물이 끓기 시작하면 다시마는 건져 낸다.
3 ❷에 썰어 둔 김치를 넣고 한소끔 끓인다.
4 씻어 놓은 쌀을 넣고 중약불에서 저어 가며 끓인다. 쌀이 퍼지면서 국물이 걸쭉해질 때까지 끓인다.

5 쌀알이 거의 투명해지면 콩나물을 넣고 뚜껑을 닫아 3~4분간 더 끓인다.

6 불을 끄고 전통 간장(또는 소금)으로 간을 맞춘다.

* 쌀은 물에 불리지 않고 씻어서 체에 밭쳐야 탱글하다. 콩나물은 마지막에 넣어야 아삭아삭한 식감을 유지할 수 있다.

* 일반 가정에서는 다진 파와 다진 마늘을 넣어도 된다.

45

귀한 다람쥐와 귀한 도토리

도토리 칼국수 면 | 도토리 칼국수

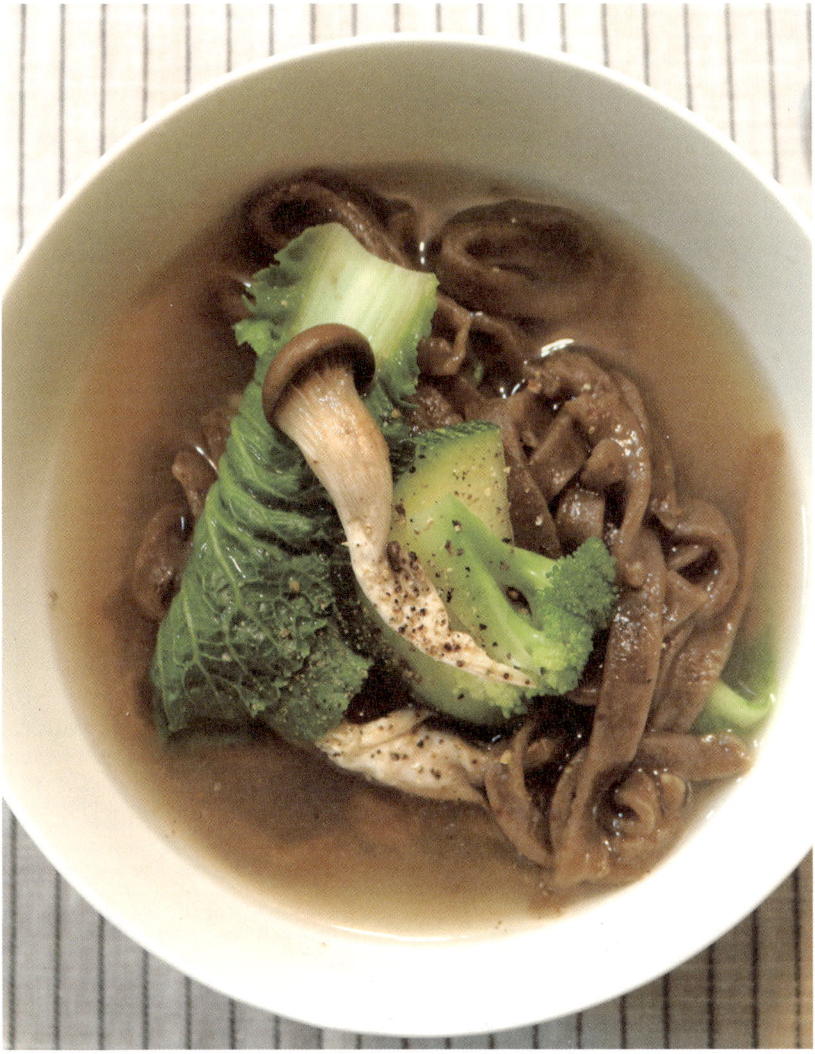

매해 도토리 가루를 나누어 주시는 분이 계시다. 올해도 도토리 가루를 나누어 주셨다.

"다람쥐들 먹을 도토리는 아주 충분히 남겨 놓았어요."

귀한 도토리 가루보다 더 귀하게 들렸다.

도토리 가루 약간과 우리 밀을 섞어 반죽을 하는데 껍질째로 도토리 가루를 만들어서인지 약간 거뭇거뭇했다. 보통 칼국수 반죽처럼 반죽을 해서 썰었다.

끓이는 방법도 여느 칼국수와 같다. 채소 듬뿍 넣고 다시마 듬뿍 넣어 주니 담백하면서도 시원한 국물의 칼국수가 되었다. 채소가 듬뿍 들어갈 때는 채수를 따로 내지 않아도 된다.

귀한 재료로 만들어 그릇에 담으니 도토리 칼국수가 더 귀해 보인다.

도토리 칼국수 면

 **재료(2인분)**

도토리 가루 1/2컵
우리 밀 1컵
소금 1작은술
물 1/3컵(조절하면서 사용)
기름 1작은술

만드는 법

1 볼에 도토리 가루, 우리 밀가루, 소금을 넣고 섞는다.
2 물을 조금씩 넣어 가며 반죽을 한다.
3 기름을 넣어 매끈하게 만든다.
4 10~15분 정도 치대어 탄력을 준 후 비닐을 씌우고 30분 이상 숙성시킨다.
5 숙성된 반죽을 밀대로 얇게 민다.
6 밀가루를 살짝 뿌려 접은 후 칼국수 면 두께(0.5cm 정도)로 썬다.
7 면이 붙지 않도록 밀가루를 묻혀 가볍게 털어 둔다.

도토리 칼국수

 **재료(2인분)**

도토리 칼국수 면 320~350g, 다시마 10×10cm 1장, 표고버섯 2~3개(건표고 가능), 물 6컵,
무 100g, 양파 1/2개, 애호박 1/3개, 당근 1/3개, 대파 1/2대(선택), 다진 마늘 1작은술(선택),
전통 간장 1~2큰술(기호에 따라 조절), 소금 약간(간 맞추기), 들기름 1작은술(선택)

만드는 법

1 냄비에 물 6컵, 다시마, 표고버섯, 무를 넣고 중불에서 15분간 끓인다.

2 다시마와 표고버섯은 건져 내 얇게 썰어 고명으로 사용한다.

3 ❶에 전통 간장과 소금으로 간을 맞춘 후, 양파, 애호박, 당근을 넣는다.

4 끓는 국물에 썰어 둔 도토리 칼국수 면을 넣고 잘 젓는다.

5 중불에서 5~7분 정도 삶아 면이 익으면 대파와 다진 마늘을 넣고 2분간 더 끓인다.

6 마지막에 들기름을 두르면 더욱 고소한 맛이 난다.

TIP

* 채수를 우릴 때 다시마와 표고버섯을 충분히 넣어 끓이면 감칠맛이 배가 된다.

* 미리 만들어 놓은 채수를 사용하면 조리 시간을 단축할 수 있다.

속이 시원해지기를 원할 때는 냉국 시리즈

맛간장 | 우무묵 오이냉국

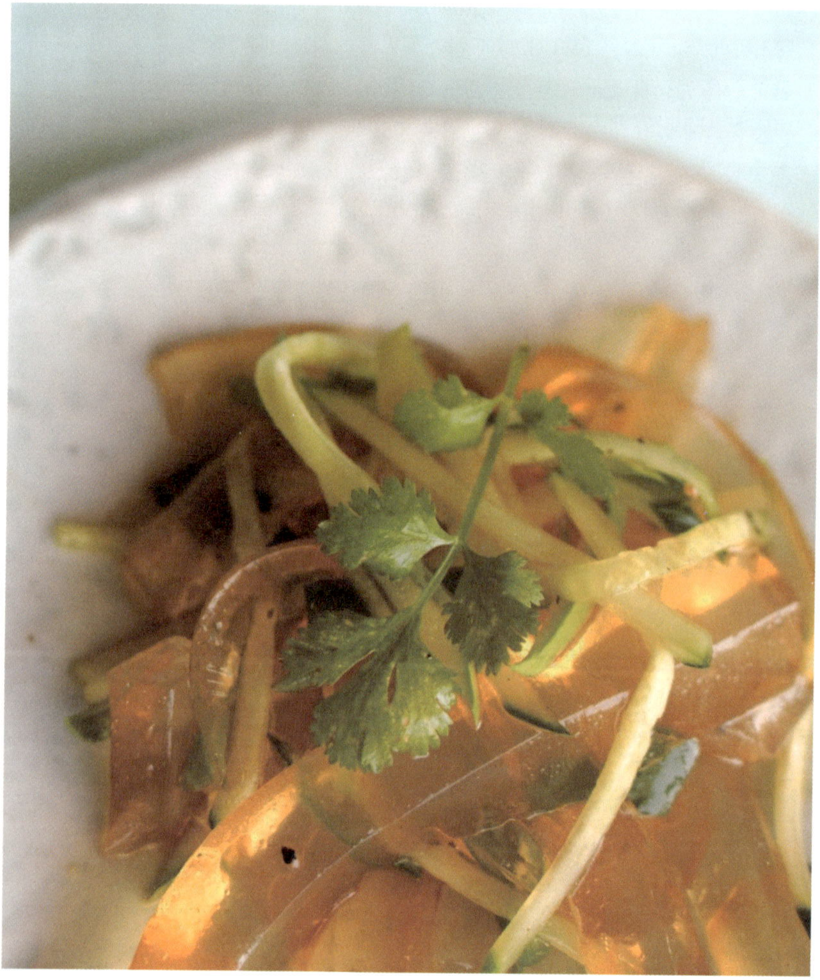

여름에는 불을 써서 음식을 하는 일이 쉽지 않다. 그러다 보니 냉국을 시리즈로 만들게 된다. 차가운 음식이라도 식재료를 지혜롭게 사용하면 먹을 때는 시원한데 속은 냉하지 않고 따뜻하다.

텃밭에 무럭무럭 자라는 오이로 미역냉국, 오이냉국, 미역오이냉국 등을 만들었는데 오늘은 우무묵 냉국이다. 우뭇가사리를 끓여서 묵힌 묵이 우무묵이다. 우무묵을 대충 큼직하게 썬다. 요리는 하는 사람의 기분이 즐거워야 한다. 예쁘게 썰어야 한다는 사소한 것에 스트레스 받지 말고 큼직큼직하게 대충 썰어도 된다.

여름에 앞서 맛간장을 만들어 놓으면 이럴 때 참 좋다. 우무묵과 오이를 맛간장에 살살 버무려 반찬을 하나 완성하고, 여기에 맛간장을 좀더 넣고, 참기름 쪼르르 넣고, 시원한 채수 부으면 우무묵 오이냉국이 된다.

우무묵은 콩국이나 미숫가루에 넣어 많이 먹지만 냉국으로 만들면 별미다. 여기에 고수 따다가 슬쩍 올려놓으면 최고다.

맛간장

 **재료(2인분)**

전통 간장 또는 청장 1컵(200mL)

채수 1컵(다시마, 표고버섯, 양파, 무 등을 끓여 만든 채수)

조청 또는 매실청 2큰술(또는 배즙 3큰술)

생강 편 2~3조각(선택)

통후추 3~5알(선택)

만드는 법

1 냄비에 채수, 전통 간장(또는 청장), 조청(또는 매실청), 생강 편, 통후추를 넣고 센 불로 끓인다.

2 끓기 시작하면 중약불로 줄여서 5~7분 정도 더 끓인 뒤 불을 끈다.

3 생강 편과 통후추는 건져 낸다.

4 완전히 식힌 다음 유리병에 담고 냉장 보관하면 일주일 이상 사용 가능하다.

우무묵 오이냉국

재료(2인분)

오이 1개

우무묵 80~100g

홍고추 1/2개(선택, 송송 썰기)

맛간장 2큰술

채수(또는 차가운 물) 2컵

참기름 1작은술

깨 1작은술

얼음 적당량(선택)

고수 약간(선택)

만드는 법

1 오이는 깨끗이 씻어 썰어 준다. 우무묵도 먹기 좋게 썬다.

2 볼에 우무묵, 오이, 홍고추를 넣고 맛간장을 넣어 살살 버무린다.

3 채수(또는 차가운 물) 2컵을 부은 후, 참기름과 깨를 넣고 잘 섞는다.

4 간을 보고 기호에 따라 맛간장이나 채수의 양을 조절한다.

5 그릇에 담고 얼음을 띄운 뒤, 고수를 올려 마무리한다.

TIP 얼음을 넣지 않고 냉장고에 30분 정도 넣었다가 먹으면 더 시원한 맛을 즐길 수 있다.

생명을 해치지 않는 음식,
복을 짓는 음식

채개장

우리나라 사람들은 여름 삼복에 뜨끈한 음식을 찾는다. 열로 열을 이긴다는 이열치열, 더위로 빠진 기력을 보양식으로 보충한다. 그런 음식의 주재료는 대부분 고기다. 그중에서도 사람들이 즐기는 음식이 육肉(고기)개장이다. 그런데 육개장에서 고기를

빼고 채소를 넣으면 채소로 만든 채菜(나물)개장이 된다. 고기가 없어도 충분히 맛있게 먹게 되니, 몸에도 마음에도 부담이 없다.

초복, 중복, 말복을 통틀어 삼복이라고 한다. 삼복三伏은 여름철의 한창 더운 기운이 워낙 강렬해서 복종한다는 의미지만 채개장의 삼복三福은 세 가지 복을 짓는다는 의미다. 채개장은 더위를 달래고, 채소로 생명을 살리며, 몸과 마음을 함께 돌보는 일이니 세 가지 복이 맞다.

이런 음식을 만들어 먹는 것만으로도 이미 작은 생명을 살렸으니, 그 복을 받지 않을 수 없다. 음식을 통해 스스로 복을 지어 가는 삶. 그만큼 뜻깊은 일이 또 있을까.

여름에 구할 수 있는 각종 채소만 준비하면 된다. 얼큰한 국물이 생각날 때는 채개장이 딱이다. 고기 없이도 충분히 감칠맛이 나는 깊은 국물 맛을 즐길 수 있다.

부처님은 "모든 존재는 폭력을 두려워하고, 모두가 죽음을 두려워한다. 모든 이는 생명을 사랑한다. 자신과 같다고 여겨 남을 해치지 말며 해치게 하지 말라"고《법구경》에서 말씀하셨다.

채개장은 생명을 해치지 않는 요리다. 먹을 이를 떠올리며 정성껏 만들고, 자연에 감사하는 마음으로 받아들인다는 의미다.

 **재료(4인분)**

느타리버섯 2컵, 애호박 1/2개, 무 1/4개, 깻잎 10장, 시금치 한 줌(또는 청경채), 고사리 1컵, 토란대 1컵, 대파 1대, 채수 또는 물 6컵, 고추기름 또는 가지고 있는 기름 2큰술(고추기름이 없으면 어떤 기름이든 상관없다), 굵은 소금 1큰술, 전통 간장 1큰술, 다진 마늘 1큰술, 고춧가루 1큰술, 후추 약간

🍲 만드는 법

1 채소를 써는 방법은 자유인데 쉽게 짬뽕 스타일로 썰어서 준비한다. 느타리버섯은 손으로 찢고, 고사리와 토란대는 적당한 크기로 썬다.

2 냄비에 고추기름 또는 기름을 두르고 강불에서 무와 느타리버섯을 먼저 볶는다. 토란대, 애호박, 고사리, 대파를 단단한 채소에서 연한 채소 순서대로 넣고 볶는다.

3 다진 마늘과 고춧가루도 넣어 향을 낸다.

4 채수 또는 물 6컵을 붓고 한소끔 끓인다.

5 중불에서 10~15분 정도 끓이며 국물 맛을 우린다.

6 굵은 소금과 전통 간장으로 간을 맞춘다.

7 시금치(또는 청경채), 깻잎을 넣고 2~3분간 더 끓이면 완성이다.

8 기호에 따라 후추를 넣는다.

TIP

* 고추기름을 사용하면 국물색이 더 진하고 얼큰하다.
* 다양한 채소에서 깊은 맛이 우러나 채수를 내지 않아도 된다.
* 고사리와 토란대가 들어가면 감칠맛이 올라온다. 없으면 생략 가능하다.
* 간은 굵은 소금으로 해야 깊고 시원한 맛이 난다.

48

귀한 충청도 음식 왁저지

호박왁저지(호박자박이)

선우, 파랑이, 오페라와 늘 가는 산책길 옆 텃밭을 예쁘게 가꾸는 어르신이
귀한 선물을 놓고 가셨다. 진엽 스님이 어르신과 함께 사는 반려견 깜순이, 복실
이의 간식을 나누어 드렸더니 고맙다고 호박을 들고 일부러 발걸음을 하셨다.

저녁에 호박의 담백한 단맛과 깊은 감칠맛이 어우러지는 얼큰한 호박왁저
지를 했다. 왁저지는 충청도 음식으로 여러 식재료를 함께 넣어서 삶거나 볶
는 반찬이다. 고기 없이 왁저지를 만들어 따뜻한 밥에 곁들여 먹으면 입안 가
득 행복해진다.

호박왁저지(호박자박이)

 **재료(2~3인분)**

애호박 1개
토마토 1개(중간 크기)
고추장 1작은술(아주 조금)
고춧가루 1큰술
전통 간장(또는 청장) 2큰술
생강즙 또는 다진 생강 약간
물 1/2컵(자작하게 끓일 정도)

 **만드는 법**

1 애호박을 수저로 뚝뚝 저며 넣고, 토마토를 굵게 썬다.
2 솥이나 냄비에 애호박과 토마토를 넣고 준비한 양념(고추장, 고춧가루, 전통 간장, 생강즙)을 모두 넣는다.
3 물 1/2컵을 붓고 센 불에서 보글보글 끓인다.
4 국물이 끓기 시작하면 불을 약불로 줄인다.
5 뚜껑을 살짝 열어 둔 상태로 15~20분간 은근하게 끓인다.
6 국물이 자작해지고 애호박이 부드러워지면 완성이다.

TIP

* 애호박을 칼로 썰어도 되지만 수저로 썰면 애호박의 결이 살아 있어 식감이 더 부드럽다.
* 토마토를 넣으면 국물에 은은한 산미와 감칠맛이 더해져 입맛을 돋운다.
* 고추장은 아주 조금만 넣는다. 너무 많이 넣으면 고추장찌개 같은 느낌이 될 수 있다.
* 국물이 많으면 마지막에 불을 세게 올려 졸인다.

49

두부의 또 다른 얼굴

얼린 두부 채소 덮밥

두부를 사면 일부러 냉동실에 넣어 얼린다. 두부를 냉동하면 평소와는 전혀 다른 식감과 성질이 생긴다. 냉동실에 두었던 두부를 꺼내 해동한 뒤 물기를 꼭 짜면 부드럽게 풀어진 조직 덕분에 양념이나 채수, 육수의 맛과 영양이 더 잘 배어 든다. 또한 씹는 시간이 길어져서 소화 과정에서 침과 함께 분해가 잘 이뤄진다. 의도하지 않으면 알기 어려운 두부의 또 다른 얼굴이다. 무엇보다 얼린 두부는 단백질이 응축되어 있어서 적은 양으로도 포만감을 느낄 수 있다. 조리법은 단순하지만 맛이 깊고, 채소와 곁들였을 때 한 끼 식사로 충분하다.

얼린 두부 채소 덮밥

 **재료(2인분)**

냉동 두부 1모, 양배추 1/4통, 당근 1/2개, 양파 1/2개, 버섯 50g(표고버섯, 새송이버섯, 느타리버섯 중 선택), 애호박 1/3개, 각종 채소(채소의 양은 각자 조절하면 되는데 300~400g 정도가 적당. 기호에 따라 브로콜리나 피망을 추가), 기름 1큰술, 밥 2공기, 쪽파 또는 허브(선택)

양념장 재료

된장 1작은술, 전통 간장(또는 진간장) 1큰술, 조청(또는 꿀) 1작은술, 후추 약간

만드는 법

1 냉동된 두부를 실온에서 해동한 후 손으로 꼭 짜서 물기를 제거한 후 깍뚝썰기를 한다.
2 준비해 둔 버섯과 채소들을 먹기 좋은 크기로 자른다.
3 팬에 기름을 두르고 채소를 넣고 센 불에서 달달 볶는다.
4 채소가 익으면서 수분이 나올 때까지 중불에서 졸인다.
5 작은 그릇에 양념장 재료를 넣고 섞어 둔다.
6 ❹에 두부와 양념장을 넣고 중불에서 골고루 섞어 가며 볶는다.
7 양념이 두부와 채소에 잘 배도록 2~3분간 더 볶는다.
8 그릇에 밥을 담고 볶은 두부와 채소를 올린다.
9 쪽파 또는 허브를 가볍게 뿌려 마무리한다.

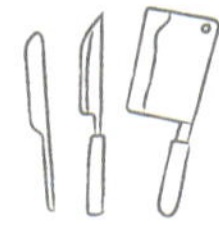

* 두부를 얼리면 단백질 조직이 변해 수분이 빠져나가면서 쫄깃한 식감이 생긴다.

* 어떤 요리든 소스를 먼저 만들어 두면 요리 과정이 쉬워진다.

* 남은 덮밥은 도시락으로 싸도 좋다.

50

이 음식이 어디서 왔는가

잣국수 | 호박 비빔국수

새벽 공기가 제법 쌀쌀해졌다. 여름 내내 밥상을 풍요롭게 해 주던 텃밭의 오이와 풋고추는 이제 제 몫을 다 마쳤다. 그 자리를 어린 김장배추와 무가 나란히 채우고 있다. 가을이 오니 그저 하늘만 올려다보고 싶고, 살랑살랑 부는 바람과 한나절 놀고 싶은 마음이 가득하다.

이내 마음을 다잡고 텃밭을 정리한 뒤 몇 개 남은 호박으로 비빔국수를 만들기로 했다. 스님들은 어떤 음식이 좋다 싫다며 음식 타박을 하지 않는다. 언제나 오관게五觀偈를 마음에 새기고 있기 때문이다. 오관게는 승가에서 발우공양 때 독송하는 게송(부처의 공덕이나 가르침을 찬탄하는 노래)이다.

오관게

이 음식이 어디서 왔는가
내 덕행으로는 받기가 부끄럽네
마음의 온갖 욕심 버리고
몸을 지탱하는 약으로 알아
도업을 이루고자 이 공양을 받습니다.

 **재료(2인분)**

소면 160g(1인분 80g 기준)
잣 1컵(100g 정도)
물 2컵(400mL)
소금 약간
기름 조금(호박 볶을 때)
올리브 오일 또는 들기름 약간

고명 재료

애호박 1/2개(채 썰어 볶음)
말려 둔 채소(조금 볶거나 살짝
　튀김)

만드는 법

1 끓는 물에 소면을 삶아 찬물에 헹궈 전분기를
제거한 뒤 물기를 뺀다.

2 잣을 불리지 않은 채 믹서기에 잣과 물을 넣고
곱게 간다.

3 ❷를 고운 체에 걸러 잣 국물을 준비하고 소금
으로 간을 살짝 한다. 체에 거르지 않고 그냥
사용해도 좋지만 곱게 거르면 맛이 조금 더 고
소하고 부드럽다.

4 애호박은 채 썰어 소금 약간, 기름을 약간 두
르고 볶는다.

5 말려 둔 채소는 팬에 살짝 볶거나 튀겨 바삭하
게 준비한다.

6 소면을 그릇에 담고 잣 국물을 붓는다.

7 볶은 애호박과 말린 채소를 고명으로 올리고,
취향에 맞게 올리브 오일이나 들기름을 약간
둘러 풍미를 더한다.

호박 비빔국수

 **재료(2인분)**

국수 2인분(180~200g)
애호박 1개(채썰기)
소금 약간
기름 약간(호박 볶을 때)
참기름 약간
통깨 약간

양념장 재료

간장 2큰술
들기름 1큰술
조청 또는 매실청 1큰술
고춧가루 1작은술

만드는 법

1 애호박은 가늘게 채 썰어 소금 약간 넣고 달군 팬에 기름을 살짝 둘러 볶는다.

2 국수는 삶아 찬물에 비벼 가며 헹군 후 물기를 빼고 준비한다.

3 양념장 재료를 모두 섞는다.

4 그릇에 삶은 국수와 볶은 애호박을 담고, 기호에 따라 참기름 쪼르르 뿌리고 통깨 톡톡 올린다.

5 양념장은 따로 담아 취향껏 넣어 비벼 먹는다.

나에게 주는 예쁜 선물

채식 구절판 | 구절판에 어울리는 소스 3가지

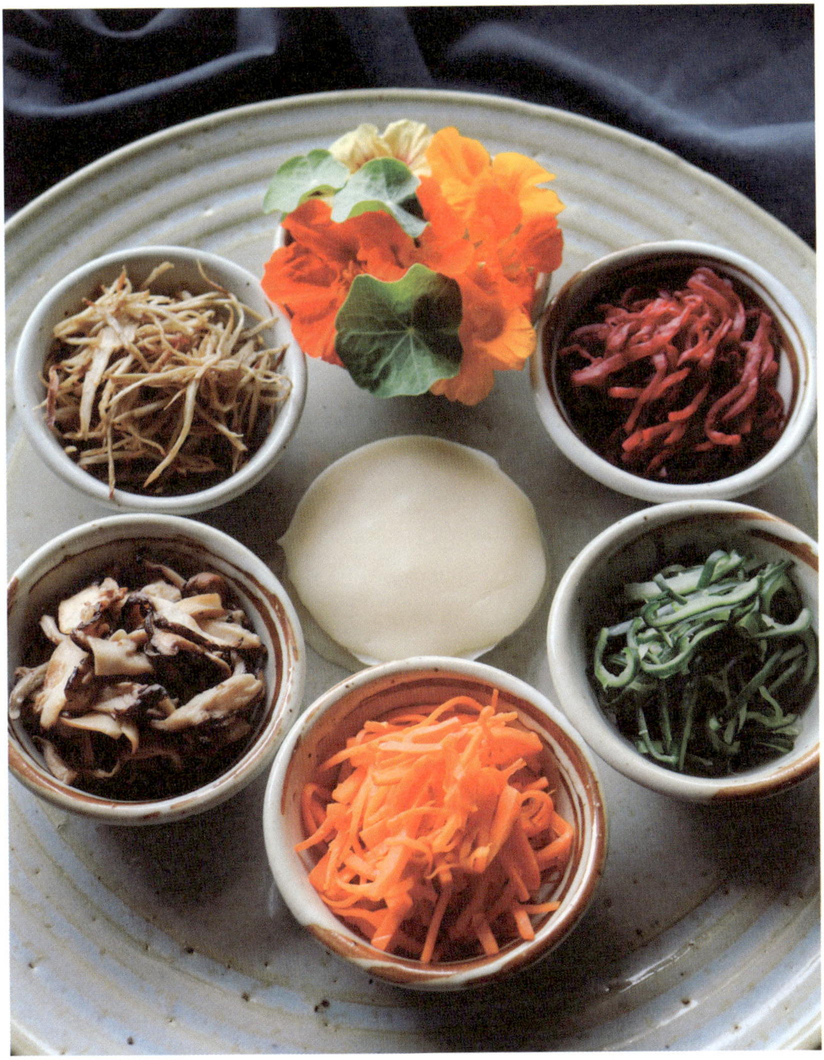

예로부터 밀전병, 칼국수, 수제비 등의 밀가루 음식은 초여름에 많이 먹었다. 구절판은 귀한 손님을 맞이할 때 올렸다. 채식 구절판은 정갈하고 무엇보다 예쁘다. 가끔 나를 위해서 이런 예쁜 구절판을 차려 보자.

값비싸고 구하기 어려운 재료 말고 쉬운 재료들로 자신만의 색을 입혀 식탁에 올렸을 때의 기쁨이 크다. 특히 화려한 붉은빛의 비트는 추천 재료다. 채 쳐서 소금, 설탕, 식초에 살짝 절여 주면 색도 곱고 맛도 좋아서 나에게 선물로 주는 요리로 손색이 없다.

채식 구절판

 **재료**(2~3인분)

밀전병(밀가루 1컵,
　　물 1컵, 소금 약간,
　　기름 약간)
우엉 1/2개
생표고버섯 3개
당근 1/2개
오이 1/2개
비트 1/4개
소금 적당량
식초 약간
설탕 약간
기름 적당량

만드는 법

1. **밀전병 만들기.** 볼에 밀가루 1컵, 소금을 약간 넣고 물을 조금씩 부어 가며 반죽을 만든다. 약불로 달군 팬에 기름을 살짝 두르고 반죽을 얇게 펴서 한쪽 면만 천천히 익힌다. 익으면 접시에 차곡차곡 쌓는다.
2. 우엉을 곱게 채 썰어 팬에 기름을 두른 다음 살짝 볶고 소금 간을 한다.
3. 생표고버섯도 채 썰어 기름에 달달 볶는다.
4. 당근을 채 썰어 소금에 살짝 절였다가 물기를 제거한 후 기름에 볶는다.
5. 오이는 돌려 깎아 채 썰고 소금을 살짝 뿌려 절였다가 먹기 직전에 물기를 꼭 짠다.
6. 비트를 채 썰어 설탕, 소금, 식초를 약간 넣고 잠시 절인다.
7. 구절판이 없으면 넓은 접시를 사용하면 된다.
8. 밀전병을 가운데 놓고 준비한 채소들을 보기 좋게 담는다.
9. 밀전병에 채소를 골고루 넣고 싸서 먹으면 된다.

── 구절판에 어울리는 소스 3가지 ──

겨자 간장 소스

간장 2큰술, 식초 1큰술, 설탕 또는 조청 1/2~1큰술, 연겨자 1/2작은술(기호에 따라 조절), 물
또는 채수 1/2큰술, 통깨, 참기름 약간(선택)

된장 소스

된장 1작은술, 채수 2큰술, 식초 1/2큰술, 참기름 1/2작은술

맑은 청장 소스

청장(또는 전통 간장) 1큰술, 채수 2큰술, 식초 몇 방울

TIP

* 겨자 간장 소스는 기본이고, 된장 소스는 구수한 맛이 나고, 맑은 청장 소스는 재료 본연의 맛
  을 그대로 즐길 수 있다.
* 밀전병은 타기 쉬우니 약불에서 천천히 익힌다.
* 채소를 따로따로 조리하면 깔끔한 맛이 난다.
* 밀전병 대신 라이스페이퍼를 활용해도 된다.

세상에서 제일 귀여운 만두 도둑

만두를 빚고 있는데 슬렁슬렁 느릿한 걸음의 선우가 온다.
주방에서 재료 손질을 하는 소리가 나면, 어디선가 선우가 조용히 나타난다.
그 소리는 선우에게 맛있는 일이 곧 생긴다는 신호인가 보다.

물 마시려고 냉장고 문만 열어도 선우는 어김없이 나타나서 뒤에 선다.
얼마나 웃긴지 입에 물 한 모금을 물었다가 뿜은 적도 있다.
그래서 우리는 선우를 '주방 요정'이라 부른다.

선우는 사람 뒤에 앉아 있거나 엎드려 있는 것을 좋아한다.
그래서 요리를 하다가 뒤돌아설 때면 선우가 있나 조심조심 살펴봐야 한다.

어느 날, 사람들이 기분 좋게 뭔가를 만들고 있자 선우도 좋은지 덩달아 움직이기 시작했다. 그러더니 순식간에 식탁 위의 만두를 꿀꺽 삼켰다.
까치발로 서서 잽싸게 만두를 집어 먹었다. 생만두를…, 그것도 두 개나!
나이가 들면서 선우의 움직임이 꽤 느려졌는데 이게 무슨 일인가.
선우가 최근 이렇게 빠른 적이 있었나.

눈 깜짝할 사이에 벌어진 일이라 인간들은 모두 일시정지가 되었다.
반면 선우는 아주 신이 났다.
만두가 정말 먹고 싶었던 것일까. 그동안 얼마나 참은 걸까.
파, 마늘, 양파가 들어가지 않고, 간도 심심해서 다행이었다.

선우는 생만두를 맛있게 먹고 세상을 다 가진 표정으로 새근새근 잠이 들었다.
세상에서 제일 귀여운 만두 도둑이다.

참으로 수고롭지만 '마음'을 담은 요리

호박만두

절에서는 여름에 별식으로 호박만두를 먹는다. 주렁주렁 달린 호박을 따다 만두를 빚으려면 손이 아주 바빠야 한다. 만두소에 호박이 듬뿍 들어가기 때문에 날씨가 더우면 쉽게 상할 수 있어서 손을 재빠르게 놀려야 한다. 만두를 찌려고 가마솥 옆에 서 있자니 땀이 뻘뻘 난다. 참으로 수고로운 별식이다.

자극적인 맛에 익숙한 사람들에게는 이 만두가 다소 심심하게 느껴질 수 있다. 그러나 심심한 맛이 주는 순함과 다정함이야말로 호박만두의 진짜 매력이다.

사찰 음식은 화려하지 않다. 중요한 것은 재료가 어디서 왔는지, 그 재료를 어떻게 대했는지, 요리를 만든 사람의 정성과 마음 그리고 자연에 대한 고마움이다. 사찰 음식에서 가장 중요한 건 결국 마음이다.

호박만두

 **재료**(15개 분량)

만두피(시판용 또는 밀가루 반죽)
애호박 1개
무 1/4개
두부 1/2모
버섯(표고버섯 또는 새송이버
　섯) 2~3개
들기름 1큰술
통깨 1큰술
소금 약간
후추 약간

양념 간장 재료

간장 2큰술
식초 1큰술
들기름 1작은술
통깨 약간

만드는 법

1. 애호박과 무는 가늘게 채 썰어 소금을 약간 뿌려 절인 후 꼭 짜서 수분을 제거한다.
2. 두부는 면포에 싸서 물기를 최대한 제거한 후 으깬다.
3. 버섯은 잘게 다져 들기름에 살짝 볶아 향을 낸다.
4. 절인 애호박과 무, 으깬 두부, 볶은 버섯을 한데 섞고 들기름, 소금, 후추, 통깨를 넣어 간을 맞춘다.
5. 시판 만두피를 사용하거나 밀가루 반죽을 얇게 밀어 만두피를 빚는다.
6. 만두를 빚어 찜기에 면보를 깔고 만두를 올려 10~12분간 찐다.
7. 양념 간장 재료를 모두 넣고 양념 간장을 만든다.

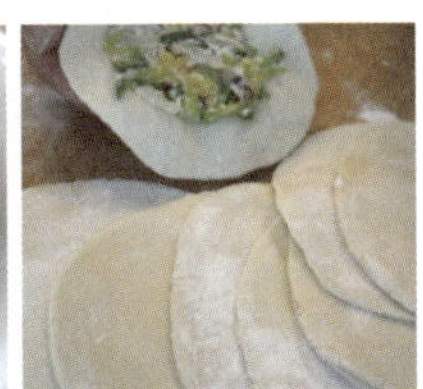

TIP

* 호박과 무의 수분을 제거해야 만두소가 질척이지 않는다. 무는 넣지 않아도 상관없지만 식감을 좋게 한다.
* 들기름을 사용하면 풍미가 더 살아난다.
* 채수에 넣어 끓이면 물만두로도 즐길 수 있다.
* 사찰식이 아닌 일반식으로 만들 때에는 다진 파, 다진 마늘, 다진 양파를 각 1큰술씩 추가하면 풍미가 더해진다.

54

주방 요정 선우

오페라와 파랑이의 엄마인 선우는 뭐든 참 잘 먹었다. 봄나물을 캐 와서 다듬고 데쳐서 조물조물 무쳐 식탁 위에 올려놓으면 그 앞에 앉아서 떨어질 턱이 없는 나물 고물이 떨어지길 기다렸다. 나물 무칠 때 참기름 넣고 간장이나 소금 간을 하기 전에 덜어서 주면 맛있게 먹었다.

어느 봄날 꽃다지를 캐왔다. 꽃이 다닥다닥 피는 모습에서 유래되었다고 하는 꽃다지는 들판 어디에서나 볼 수 있는 아주 흔한 풀이다. 살짝 데쳐서 물에 잠깐 담가 떫은맛을 제거하고 전통 간장이나 소금 또는 된장을 넣어서 무친다. 고추장을 넣어서 무치기도 한다. 꽃다지로 된장국을 끓이면 향도 은은하고 달큰하니 좋다.

이른 봄 어디서나 보이는 꽃다지를 캐서 바구니로 한가득 담는 것은 일도 아니다. 기분 좋게 싱글벙글 데쳐서 무쳐 놓자 꽃다지를 탐내던 선우는 기어코 꽃다지를 먹고야 말았다. 스님들 반찬에는 파, 마늘, 양파가 들어가지 않으니 선우가 먹어도 탈이 나지 않는다.

언제나 식탁 주위에서 호시탐탐 봄나물을 노렸던 선우. 선우가 강아지별로 돌아가고 우리의 주방 요정도 사라졌다.

55

장 가르는 날,
꾀꼬리 된장이 사라지지 않기를

생된장찌개

할머니와 어머니는 장독 위에 핀 녹두빛 곰팡이를 '녹두꽃이 피었다', 흰 곰 팡이를 '메밀꽃이 피었다'고 하셨다. 장을 담고 가르는 날까지 나쁜 말은 삼가고 고운 말만 하라고도 하셨다. 전통 장을 대하는 정갈한 마음이자 세대 간의 가르침이었다.

정월에 장을 담은 후 맛있게 익어 가기를 기다리고 또 기다렸다. 햇볕은 따사롭고 바람도 잘 통했다. '녹두꽃'과 '메밀꽃'이 곱게 피어났다. 산이 곱게 봄 빛으로 물들어 가고, 눈이 행복한 날씨에 장을 가를 수 있어 마음이 좋았다.

　장 가르기란 된장을 담근 뒤 숙성이 어느 정도 진행되면 항아리 속의 메줏덩어리(된장 부분)와 간장(액체 부분)을 분리해 각각 익히는 과정이다. 장독 위에 흰곰팡이가 피기 시작하면 장이 익어 가는 중이고, 녹두빛 곰팡이가 돌면 된장과 간장을 나누는 장 가르기를 할 때가 되었다고 여긴다. 맑은 간장을 떠서 간장 항아리에 붓고, 남은 메줏덩어리는 으깨어 된장 항아리에 옮겨 담는다.

　으깬 된장이 색도 곱고 맛깔스러워 보였다. 어릴 적 장 가르는 날에 엄마 옆에 앉아 구경하고 있으면 엄마는 된장이 꾀꼬리 색이라고 하셨다. 맛있게 된 된장은 꾀꼬리의 깃털 색처럼 곱다며 엄마의 엄마도 꾀꼬리 된장이라 부르셨다고 했다.

　수강생들이 이번 수업 때 담근 된장이 모두 잘 익었다. 장을 맛볼수록 집집마다 간장과 된장 맛이 다른 게 참 신기하고, 맛보는 재미가 쏠쏠하다. 일반인들은 장 가르는 일이 없겠지만 그래도 관심 있는 분들은 호기심으로 작은 양이라도 담그려고 한다. 음식에 관심이 아예 없는 사람도 장을 가르는 날이 있다는 것을 알게 되면 배우고 싶어한다. 그래서 단 한 명이라도 또는 장 담그는 때가 아니더라도 누군가 장을 담그고 싶어하면 기꺼이 가르친다. 이렇게 우리의 전통 장이 영영 사라지지 않고, 사라지는 속도가 조금 늦춰지기를 바란다.

　양념을 하지 않은 담근 그대로의 된장인 생된장으로 만드는 생된장찌개는 장을 가르는 날에만 누릴 수 있는 별미다. 별다른 반찬 없이 훌륭한 한 끼가 된다. 생된장이 없어도 일반 된장으로 생된장찌개처럼 만들 수 있다.

재료(2~3인분)

무 1/4개

애호박 1/2개

풋고추 1개

건고추 1개(선택)

된장 2큰술(장 가른 날
의 신선한 생된장 추천)

물 3컵

만드는 법

1 무와 애호박은 작은 네모 모양으로 썬다.

2 풋고추와 건고추는 송송 썰어 준비한다.

3 냄비에 찬물 3컵을 붓고 손질한 채소(무, 애호박, 풋고
추, 건고추)를 넣는다.

4 채소들이 푹 익을 때까지 간 없이 끓인다.

5 찌개가 끓고 채소가 부드러워지면 생된장 2큰술을 잘
으깨서 푼다.

6 된장을 넣은 후 한소끔 끓인 뒤 불을 끄고 바로 상에
올린다.

TIP

* 생된장의 신선한 맛을 살리기 위해서 된장은 오래 끓이지 않는다.

* 장 가른 날의 신선한 된장이 가장 맛있다.

* 건고추를 넣으면 색감이 살고, 풋고추를 넣으면 칼칼한 풍미가 산다.

56

자두는 나보다 부지런한
곤충과 새들 몫이다

하루가 모여 한 달, 그 한 달
이 모여 일 년이 된다. 매일 다른
하루를 맞아 매일 다른 하루라는
선물을 받는다.

봄부터 이른 가을까지 항상 그
자리에서 여러 종류의 나물을 파
시는 할머니가 오늘은 홋잎나물
을 갖고 오셨다. 홋잎나물은 화

홋잎나물과 덤으로 받은 나물

살나무의 새순이다. 이 나물을 맛볼 수 있는 시기는 청명과 곡우 사이 보름 정
도밖에 되지 않는다. 한 바구니를 사니 애써 따 오신 나물을 덤으로 주셨다.
괜찮다고 해도 웃으시며 한 움큼 더 얹어 주셨다.

홋잎나물을 조리대 위에 올려놓고 곰취 몇 장 따러 텃밭에 나갔다가 복숭
아꽃과 자두꽃에 넋을 잃었다. 자두나무의 자두는 언제나 나보다 더 부지런한
곤충과 새들 몫이다. 인간은 그저 꽃만 봐도 즐겁다.

실컷 꽃을 보다가 올라오니 선우, 파랑이, 오페라가 마당놀이 끝나고 막 들어
왔다. 안 그래도 차 생각이 났는데 진엽 스님이 차 마시자며 물을 끓여서 고마웠
다. 홋잎나물과 덤으로 받은 나물 한 움큼, 복숭아꽃, 자두꽃, 차 한 잔, 놀고 들
어와 쉬고 있는 선우와 파랑이와 오페라의 편한 모습. 선물 아닌 것이 없다.

복숭아꽃

자두꽃

57

욕심을 덜어낸 담백한 한 그릇

맛간장 | 버섯조림 | 버섯덮밥

짬이 날 때면 SNS(사회관계망서비스)를 열어 그날의 요리를 소개한다. 오늘은 유난히 버섯이 싱싱하고 예뻐서 버섯조림을 하며 덮밥까지 만들었다. 버섯은 따로 손질할 것도 없이 손으로 먹기 좋게 찢기만 하면 된다.

스님들은 파와 마늘을 먹지 않기 때문에 양념도 자연히 단출하다. 밥은 작은 무쇠솥에 고슬고슬하게 짓고, 그 누룽지로 따뜻한 숭늉을 낸다. 누룽지까지 함께하는 이 한 끼는 마음을 덜어낸 듯 단정하다. 버섯덮밥은 욕심을 덜어내고 담백하게 차려낸 편안한 식사 한 그릇이다.

맛간장

 **재료(2인분)**

전통 간장 3큰술, 물 1컵(200mL), 말린 참죽 잎 1조각(선택), 말린 토마토 1조각(선택), 대파 흰 부분 1대 분량(약 10cm), 양파 1/4개(작게 썰기), 다시마 1장(약 5×5cm, 더 큰 다시마도 가능), 마른 표고버섯 1개 또는 생표고버섯 1/2개

만드는 법

1 냄비에 전통 간장 3큰술과 물 1컵을 넣는다.
2 말린 참죽 잎, 말린 토마토, 대파, 양파, 다시마, 표고버섯 등을 넣고 바글바글 끓인다.
3 체에 거른 다음 식힌다.

버섯조림

 **재료(2인분)**

버섯 2컵(느타리버섯, 표고버섯, 새송이버섯 등 어떤 버섯이라도 좋다)
기름 1큰술
맛간장 2큰술
소금 약간
후추 약간

만드는 법

1 버섯을 손질하여 결대로 찢거나 얇게 썬다.
2 팬을 달궈 기름 1큰술을 두른 후 버섯을 넣고 중약불에서 볶는다.
3 미리 만들어 놓은 맛간장을 넣고 간이 배도록 졸인다.
4 버섯에서 수분이 나오기 시작하면 소금과 후추를 뿌린다.

버섯덮밥

 **재료**(2인분)

밥 2공기
버섯조림
풋고추 1개
파슬리 가루 약간(선택)

만드는 법

1 고슬고슬 지은 밥을 그릇에 담는다.

2 밥에 만들어 놓은 버섯조림을 듬뿍 올린다.

3 풋고추 송송 썰어 밥에 올리고, 파슬리 가루도 휘리릭 뿌리면 버섯덮밥 완성.

4 밥을 푸고 남은 누룽지에 따뜻한 물을 부어 곁들인다.

TIP

* 버섯은 타지 않게 충분히 볶아야 깊은 맛이 난다. "어, 맛있어 보이네?" 정도의 느낌이 날 때까지 볶는다.
* 맛간장은 미리 만들어 두면 다양한 요리에 활용 가능하다.
* 풋고추, 파슬리 가루 등은 무심한 듯 올려야 자연스럽고 멋스럽다.
* 순한 맛으로 먹다가 토마토케첩, 스리라차 소스, 타바스코 소스 등을 뿌려서 먹으면 색다른 한 끼가 된다.

58

강렬한 붉은색의 토마토 '냉심이'

토마토 옹심이 | 토마토 국수

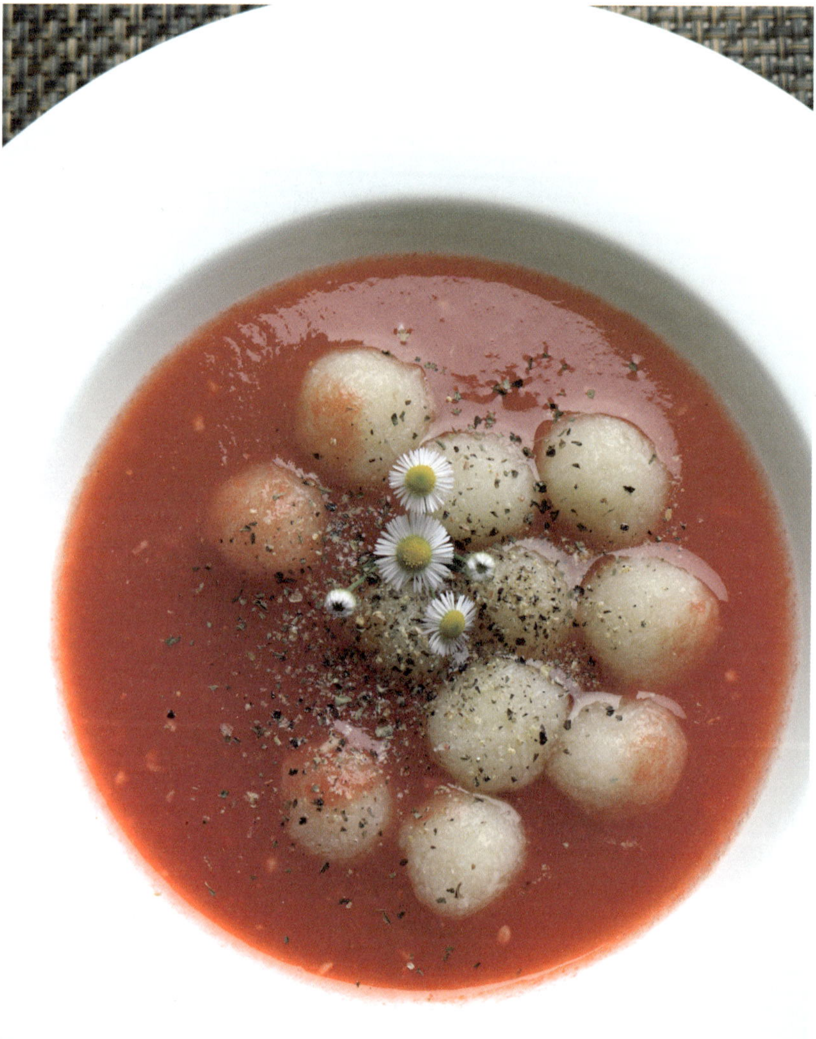

감자옹심이의 시원한 버전을 내 맘대로 '냉심이'라고 부른다. 감자로 옹심이를 만드는 방법은 똑같고, 국물은 토마토로 한다. 온전히 토마토가 전부인 국물이라서 강렬한 붉은색이 매력적인 요리다. 우아한 한 그릇 요리로 안성맞춤이다.

토마토 옹심이

재료(2~3인분)

감자 3~4개(중간 크기, 약 500g)
물 500mL
잘 익은 토마토 2개
소금 약간(기호에 따라 조절)
후추 약간
올리브 오일 1큰술(선택)

만드는 법

1. 감자 껍질을 벗기고 강판이나 믹서기로 곱게 간다.
2. 간 감자를 체에 밭쳐 건더기와 물을 분리한다.
3. 맑은 물은 버리고 바닥에 가라앉은 전분과 감자 건더기를 섞어 동그랗게 옹심이를 빚는다.
4. 물이 팔팔 끓을 때 옹심이를 넣고 익을 때까지 끓인다. 옹심이가 투명하게 떠오르면 익은 것이다.
5. 익은 옹심이를 건져서 찬물에 헹군 후 체에 밭쳐 둔다.
6. 토마토를 강판에 갈거나 믹서기에 곱게 간다.
7. 간 토마토를 체에 걸러서 부드러운 국물만 남기고, 소금을 약간 넣어 간을 맞춘다.
8. 차갑게 식힌 옹심이를 그릇에 담고 토마토 국물을 붓고 후추를 뿌려 완성한다.
9. 기호에 따라 올리브 오일을 넣으면 감칠맛이 올라온다.

TIP

* 채수 요리 에센스(145쪽 참조)를 국물로 쓸 수 있다.
* 서리태와 노란콩으로 만든 콩물을 냉장고에 넣어 두었다가 국물로 쓸 수 있다.
* 느타리버섯 또는 다른 채소들을 데친 후 식혀서 올려도 좋다.

토마토 국수

 **재료(2인분)**

소면 180~200g
잘 익은 토마토 2개
소금 약간(기호에 따
라 조절)
허브 또는 쑥갓 등
식용 풀 약간

만드는 법

1 소면을 삶은 후 찬물에 비벼 가며 헹궈 전분기를 완전히
제거한다.
2 채에 밭쳐서 물기를 뺀다.
3 토마토를 강판이나 믹서기에 곱게 간다.
4 간 토마토를 체에 걸러서 부드러운 국물만 남기고, 소금
을 약간 넣어 간을 맞춘다. 토마토의 맛을 더 느끼고 싶
거나 귀찮으면 체에 거르지 않아도 된다.
5 차갑게 준비해 둔 소면을 그릇에 담고 토마토 국물을 붓
는다. 고명으로 허브 또는 쑥갓을 올린다.

59

요리의 자태와 식감이 예술이다, 면 없는 파스타

노각 알리오 올리오 파스타

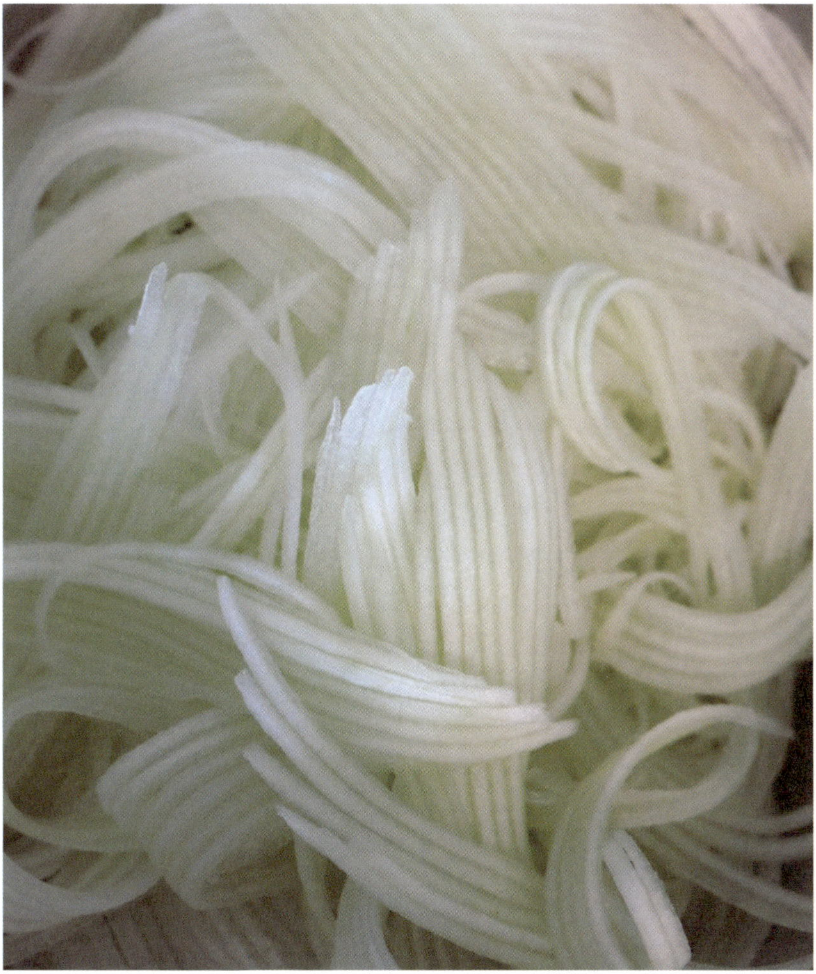

노각을 심어 놓고는 잊고 지냈다. 아침 산책 다녀오는 데 노각이 눈에 띄었다. 언제 저만큼 자랐을까. 신나서 땄는데 반찬하기는 섭섭하다. 이만큼 자랐는데 잘 만들어 줘야지. 노각은 흔히 살 수 있는 친근한 채소다. 노각으로 알리오 올리오를 만들어 포크로 돌돌 말아 소스 잘 묻혀서 '앙' 하고 크게 한입 먹었더니 요리의 자태와 아삭한 식감이 예술이었다. 적당한 매콤함, 적당한 새콤함, 적당한 달콤함, 알맞은 소금 간, 색다른 식감.

———————— 노각 알리오 올리오 파스타 ————————

 **재료(1~2인분)**

노각 1개, 굵은 소금 약간, 올리브 오일 2큰술, 풋고추 1개(송송 썰기), 다진 마늘(취향에 따라 조절), 매실액 1큰술(설탕 또는 다른 달콤한 재료 가능), 후추 약간, 페페론치노 약간(또는 청양고추 등 다른 매운 재료 가능), 발사믹 식초 1큰술(또는 일반 식초)

만드는 법

1 노각의 겉껍질을 벗긴 후 감자 깎는 칼로 길게 슬라이스하여 면처럼 만든다.

2 굵은 소금을 뿌려 잠시 둔다. 물을 따라 내고 살짝 짠다.

3 올리브 오일, 송송 썬 풋고추, 다진 마늘, 매실액을 잘 섞어 소스를 만든다.

4 노각 면을 그릇에 담고 소스를 골고루 붓는다.

5 후추, 페페론치노, 발사믹 식초를 뿌려 마무리한다.

60

개와 인간이 함께 먹는다 ①
완벽하게 안전한 만찬

머핀

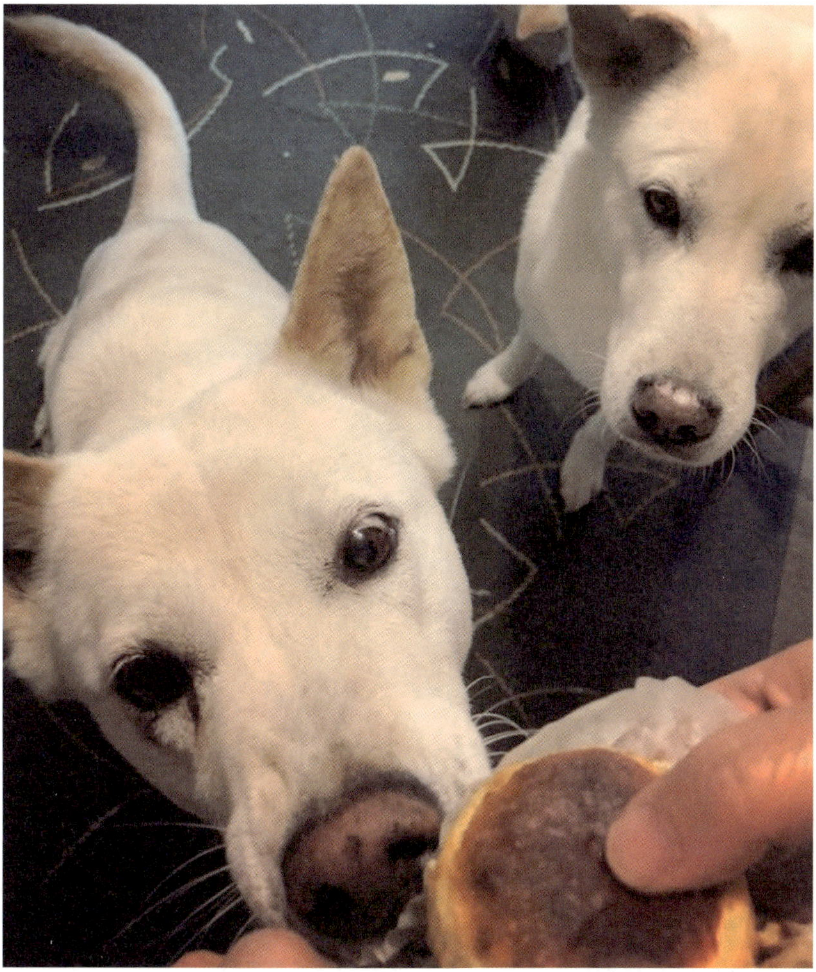

5월 5일은 어린이날. 선우, 파랑이, 오페라의 날이기도 하다. 사람과 강아지가 함께 먹을 수 있는 머핀을 구웠다. 혹시라도 강아지에게 해로운 재료가 들어가면 안 되니 완벽하게 안전한 머핀을 만들었다.

아이들 건강에 특히 까다로운 진엽 스님 덕분에 재료 하나하나 꼼꼼히 확인하고 선택해야 한다. 완성된 머핀은 은은한 코코넛 향도 좋지만 아이들이 맛있게 먹는 모습을 보는 게 더 기쁘다. 아이들은 눈 흰자위가 보일 만큼 정신없이 먹었다. 함께 나눠 먹으니 괜히 더 맛있고, 괜히 더 즐겁다.

머핀

재료(지름 5cm 머핀틀을 사용하면 3~5개)
우리 밀 1컵, 코코넛 밀크 또는 코코넛 크림 약간(반죽 농도 조절용), 코코넛 오일 1작은술(생략 가능)

🍽 만드는 법

1 우리 밀, 코코넛 밀크(또는 코코넛 크림), 코코넛 오일을 볼에 넣고 잘 섞는다.
2 반죽이 되면 코코넛 밀크를 조금 더 넣어가며 조절한다.
3 머핀 틀에 반죽을 나눠 담는다.
4 180℃로 예열한 오븐에서 15~20분 정도 굽는다.

TIP

* 반죽에 단맛을 추가하고 싶으면 바나나나 고구마를 으깨 넣는다.
* 오븐이 없다면 에어프라이어 또는 팬을 이용하여 낮은 온도에서 천천히 익힌다.

※**주의사항** 장이 약한 개는 많이 먹으면 배탈이 날 수 있으니 양 조절은 필수다.

61

개와 인간이 함께 먹는다 ②
있었는데 없습니다

토마토 스파게티

텃밭에 토마토가 빨갛게 익기 시작하면 뭘 만들까 생각하는 일이 늘 즐겁다. 그중에서도 모두가 기다리는 요리는 단연 토마토 스파게티다. 주방에서 냄비에 물이 끓기 시작하면 주방 요정 선우는 슬그머니 식탁 주변으로 다가온다. 파랑이와 오페라도 덩달아 신이 나고 모두의 얼굴에 기대가 가득하다.

완성된 요리가 그릇에 담기면 아이들은 뒷모습마저 즐거워 보인다. 선우는 신나게 자기 식탁으로 달려가고 파랑이와 오페라도 한껏 신이 나서 이리저리 꼬리를 흔든다. 사람과 아이들이 모두 함께 먹을 수 있어서 더 기쁘고, 더 맛있다.

접시가 순식간에 비워져서 이번에도 또 사진을 찍지 못했다. 매번 그렇다. 사진 찍을 겨를도 없이 맛있게 싹싹 먹는 아이들. 늘 그 순간을 눈과 마음에 담는다.

토마토 스파게티

재료(인간 둘, 중형견 셋이 넉넉하게 먹을 수 있다)

스파게티 면 350g[사람용 200g + 개용 150g(체중과 소화력에 따라 조절한다)], 빨갛게 잘 익은 중간 크기 완숙 토마토 5개[사람용 3개(약 450g) + 개용 2개(약 300g)], 개가 먹을 수 있는 채소[버섯(표고버섯, 양송이버섯, 느타리버섯 등) 한 줌 반 정도, 애호박 반 개, 당근 1/3], 올리브 오일(사람 분량 1.5큰술 + 개 분량 1작은술), 소금 1작은술(사람용, 개는 무염), 후추(사람용)

만드는 법

1 **스파게티 면 삶기.** 푹 익혀 준비한다.
2 개들이 먹기 좋게 면을 짧게 자른다.
3 팬에 올리브 오일을 두르고 잘게 썬 채소(버섯, 애호박, 당근)를 볶는다.
4 토마토를 으깨서 ❸에 넣고 함께 익힌다.
5 ❹를 그릇에 담고 면을 넣은 다음 버무려서 식히면 개용 스파게티 완성.
6 스파게티에 소금, 후추를 넣고 ❹를 버무린 후 그릇에 담으면 사람용 스파게티 완성.

TIP

* 개가 쉽게 먹을 수 있도록 채소는 최대한 잘게 썰고, 토마토도 으깨는 정도로 잘게 썬다.
* 귀가 늘어진 개들은 밥 먹을 때 스누드 필수.
* 장모종 강아지 입 주위에 토마토가 묻으면 귀여움 100배.

62

고등어가 없어도 맛있는 무조림

매콤 무조림 | 간장 무조림

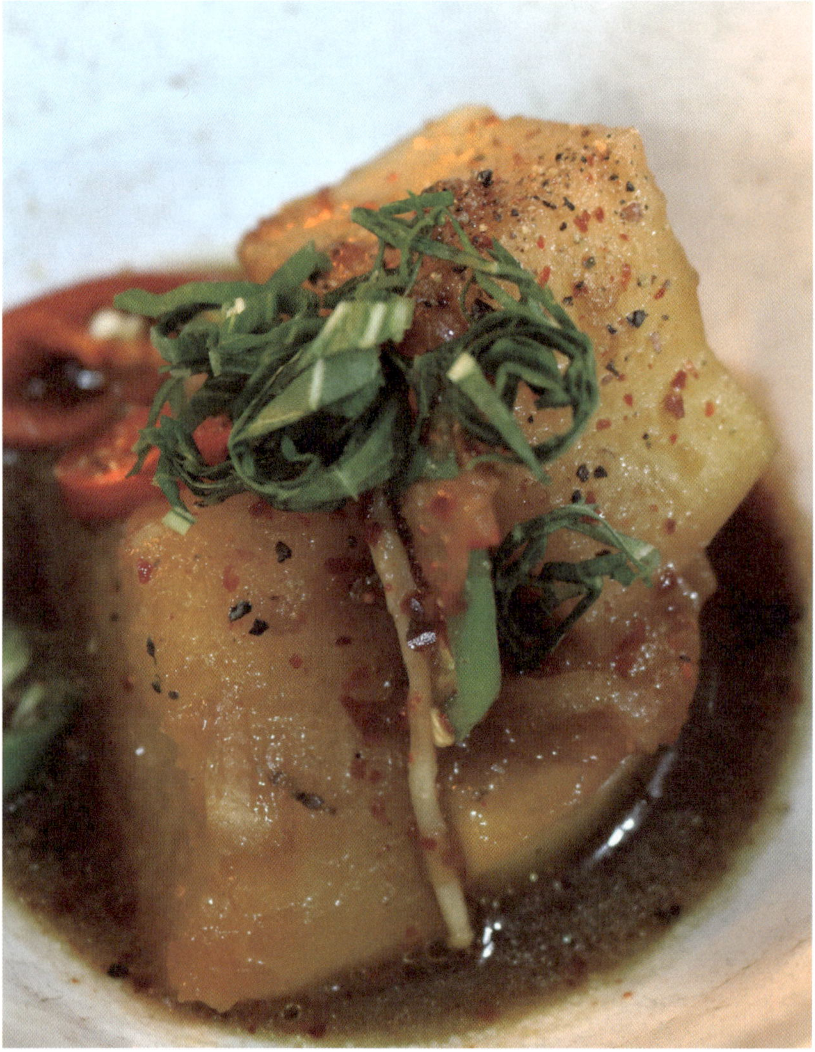

고등어 없이도 더 깊고 담백한 맛의 무조림을 만들 수 있다. 무조림은 국물을 자작자작하게 해서 찌개처럼 먹을 수 있고, 조금 더 졸이면 밥 비벼 먹기 딱 좋은 반찬이 된다. 간장만으로 맵지 않게 만들어도 좋고, 고춧가루를 약간 넣어 매콤한 맛을 더해도 좋다.

매콤 무조림

 **재료(2인분)**

무 200g(적당한 두께로 썰기)

표고버섯 약간(선택)

당근 약간(선택)

물 150mL(3/4컵)

간장 2큰술

조청 1큰술

고춧가루 1작은술

생강, 생강즙, 생강 가루 중 하나 아주 약간

참기름 1작은술(선택)

풋고추, 홍고추, 허브 약간(고명)

만드는 법

1 무와 당근, 표고버섯을 적당한 두께로 썰어 삶는다. 무는 반투명해질 때까지 삶는다. 물을 아주 조금 넣고 중약불에서 삶는다.

2 냄비에 무와 물, 간장, 조청, 고춧가루, 생강이나 생강즙 또는 생강 가루 중에 하나를 넣고 중약불에서 끓인다. 생강을 아주 약간만 넣어도 조림 향이 좋아진다.

3 국물이 줄어들면 약불로 줄여 10~15분간 더 졸인다.

4 국물이 자작자작해지면 불을 끄고 기호에 따라 참기름 한 방울 두르고 고명을 올린다.

간장 무조림

 **재료(2인분)**

무 200g(적당한 두께
　로 썰기)
물 150mL(3/4컵)
간장 2큰술
조청 1큰술
생강, 생강즙 또는 생
　강 가루 중 하나 아
　주 약간
참기름 1작은술(선택)
풋고추, 홍고추, 허브
　약간(고명)

 **만드는 법**

1 무는 적당한 두께로 썰어 물을 아주 조금 넣고 중약불
　에서 반투명해질 때까지 삶는다.

2 냄비에 무와 물, 간장, 조청, 생강이나 생강즙 또는 생
　강 가루 중 하나를 넣고 중약불에서 끓인다. 생강을
　아주 약간만 넣어도 조림 향이 좋아진다.

3 국물이 절반가량 줄고 무에 색이 배면 불을 줄여
　10~15분간 더 졸인다.

4 기호에 따라 참기름 한 방울 두르고 풋고추, 홍고추,
　허브를 고명으로 올린다.

거미줄을 어떻게 할까?
뽈뽈뽈 이사 가다

덩치가 큰 무당거미는 거미줄도 참 크게 쳐 놓는다. 봄에는 그냥저냥 괜찮은데 여름에는 거미줄이 너무 많아 꽤 거슬린다. 스님 셋이 진지하게 찻자리에서 토론을 시작했다. 혼자 결정해도 되지만 거미줄을 함부로 걷어 내자니 소유자 동의 없이 무단 철거하는 느낌이라 찜찜했다.

정엄 스님은 그냥 두자는 의견이었다. 환경이 좋으니까 거미들이 많은 거라며 곤충들이 살 수 없는 환경은 사람도 살기 힘든 환경이라고 했다. 같이 사는 게 나쁘지 않다며 오히려 파리, 모기를 막아 준다는 옹호론을 펼쳤다. 진엽 스님도 마찬가지로 강력한 거미줄 옹호파.

내 의견도 존중해서 내려진 최종 결정. 파리로부터 항아리를 지켜주는 장독대 거미줄과 거미들은 그냥 두고, 건물 외벽의 거미줄은 끈끈해서 잘 지워지지 않으니 걷어 내자고 했다. 토론이 끝날 무렵 거미를 좀 더 알아야 거미를 이해할 수 있을 것 같았다. 그래서 이참에 거미 공부를 하자는 진엽 스님의 의견에 모두 동의했다.

그런데 열흘이 좀 지났을 때 큰 창 쪽에 늘 있던 거미줄이 안 보였다.

"어느 스님이 거미줄 걷었어요?"

진엽 스님이 싱거운 듯 웃으며 거미들을 옮기려고 하니 자기들이 알아서 뽈뽈뽈 가장 높은 곳으로 올라가더란다. 거미줄에 대한 토론은 이렇게 웃으며 끝이 났다. 거미들은 스님 셋이 토론하는 모습을 지켜보기라도 한 듯 모기가 많은 딱 알맞은 위치에 다시 거미줄을 치기 시작했다.

/ 일일 특강

채식은 건강하고 쉽고 맛있다

뿌리채소 스테이크 | 두부 스테이크 | 아주 쉬운 비건 소스
뿌리채소 솥밥 | 석박지 김치 | 찌개용 호박김치
바로 먹는 호박김치(겉절이)

가끔 채식에 관심을 갖기 시작한 사람들을 위한 일일 특강을 연다. 그런데 채식 혹은 비건 음식은 건강하지만 맛있지 않다는 고정관념을 갖고 오시는 분들이 꽤 있다. 이 특강은 고정관념을 와장창 깨는 수업이기도 하다.

태어나 처음으로 채식을 배우러 오는 분들도 있다. 채식은 대부분 손이 많이 가고 어려운 요리라고 생각한다고 했다. 하지만 채식은 그리 손이 많이 가지 않는다. 배우면 누구나 어렵지 않게 일상적으로 만들어 먹을 수 있는 음식이다.

화려한 밥상이 아니라 나에게 맞는 소박한 밥상을 찾아가는 여정은 제법 재미가 있다. 급하게 생각하지 말고 한 걸음씩 내딛다 보면 숙제 같은 요리가 아니라 마음을 나누고 베푸는 삶의 여유를 즐기는 멋진 삶이 기다리고 있을 것이다.

음식을 만들어서 잘 차려 냈다 싶은 뿌듯함이 생기면 자꾸 요리를 하고 싶어진다. 일일 특강 중에서 수강생들이 맛도 있고 성취감도 있었다고 한 요리를 소개한다.

뿌리채소 스테이크

 **재료(2인분)**

토란 100g

연근 100g

우엉 50g

고구마 100g(선택)

땅콩호박 100g(선택)

말린 자투리 채소 2큰술

소금 약간

후추 약간

기름 약간(굽기용)

가니쉬용 채소(브로콜리
1줌, 양송이버섯 2개, 주
키니호박 1/4개)

올리브 오일 약간

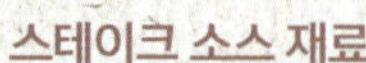 **스테이크 소스 재료**

조청 1큰술(취향에 따라
조절)

간장 2큰술

식초 1작은술

물 4큰술

전분 물(물 1큰술에 전분
1작은술을 푼다)

만드는 법

1 뿌리채소를 손질한다. 토란, 연근, 우엉, 고구마, 땅콩
호박 등은 껍질을 벗기고 찐 뒤 으깬다.

2 말린 자투리 채소는 물에 불려 잘게 썬다.

3 ❶, ❷의 모든 채소를 섞어 동그랗게 모양을 만든다.

4 팬에 기름을 살짝 두르고 ❸을 앞뒤로 노릇하게 굽는다.

5 스테이크 소스 재료를 모두 냄비에 넣고 끓이다가 전
분 물로 농도를 맞춘다.

6 가니쉬로 사용할 채소를 먹기 좋게 썬다. 오븐이나 올리
브 오일을 약간 두른 팬에 구워 소금, 후추로 간을 한다.

7 스테이크에 소스를 얹고, 구운 채소를 곁들이면 완성
이다.

TIP 음식을 돋보이게 하기 위해 곁들이는 채소를 고명이라는 뜻의 가니쉬garnish라고 한다.

두부 스테이크

뿌리채소 스테이크가 어렵다면 두부 스테이크에 도전한다

재료(2인분)

두부 1모
바질 잎 조금(선택)
파슬리 가루 약간
소금 약간
후추 약간
식물성 오일 1큰술
전분 가루 1큰술

구워 곁들일 채소

감자 1개
애호박 1/2개
가지 1/2개
한련화 꽃과 잎(식용
　꽃, 아스파라거스 등
　맘에 드는 것)

스테이크 소스 재료

212쪽 스테이크 소스
　재료와 동일

만드는 법

1. 두부는 면포나 키친 타월로 물기를 꼭 짜서 으깬다. 만두소 만들 듯 수분이 충분히 빠져야 스테이크 모양이 잘 잡힌다.
2. 으깬 두부에 잘게 다진 바질과 파슬리 가루, 소금, 후추, 식물성 오일을 넣고 고루 섞는다.
3. ❷를 원하는 스테이크 모양으로 빚는다.
4. 스테이크에 전분 가루를 살짝 묻혀 준다. 그래야 더 바삭해진다.
5. 무쇠팬이나 두꺼운 팬을 예열한 뒤 약불로 낮춘다. ❹를 앞뒤로 노릇노릇하게 굽는다.
6. 감자, 애호박, 가지 등은 얇게 썰어 팬에서 노릇하게 구워 곁들인다.
7. 스테이크 소스 재료를 모두 냄비에 넣고 끓이다가 전분 물로 농도를 맞춘다.
8. 접시에 스테이크와 구운 채소를 담고, 소스를 붓고 한련화 꽃이나 아스파라거스 등을 예쁘게 올려 낸다.

아주 쉬운 비건 소스

재료(2인분)

간장 2큰술(또는 전통 간
  장)
조청 1큰술
채수 또는 물 2큰술

만드는 법

1 작은 냄비나 팬에 간장, 조청, 채수를 넣고 약불에서
  살짝 끓인다.
2 조청이 풀어지면 불을 끄고 식힌다.
3 두부 스테이크 위에 살짝 뿌린다.

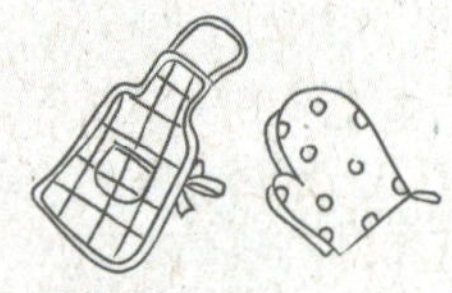

TIP 아주 쉬운 비건 소스는 스테이크뿐만 아니라 구운 채소, 버섯볶음, 파스타, 두부구이, 곡물
샐러드, 샌드위치 등에 활용할 수 있다.

뿌리채소 솥밥

재료(2인분)

쌀 1컵
연근 100g
우엉 50g
양송이버섯 또는 표고
　버섯 4~5개
물 200mL 정도
간장 1큰술
맛술(또는 청주) 1큰술
참기름 1작은술
쪽파 1~2대(고명)
소금 약간
기름 약간

만드는 법

1 쌀은 깨끗이 씻어 30분간 불린다.

2 연근은 껍질을 벗기고 2~3mm 두께로 반달 모양으로 썬다.

3 우엉은 껍질을 가볍게 긁어내고 얇고 어슷하게 썬다. 갈변 방지를 위해서 썰자마자 물에 담근 후 체에 밭쳐 물기를 제거한다.

4 양송이버섯 또는 표고버섯은 반으로 가르거나 두툼하게 썬다.

5 팬에 참기름을 살짝 두르고 우엉과 연근을 2~3분 동안 볶는다. 향을 위해 간장과 맛술을 넣어 볶는다.

6 솥에 불린 쌀, 볶은 채소, 물(200mL)을 넣고 뚜껑을 덮는다. 센 불에서 끓이다가 끓기 시작하면 약불로 줄여 10~12분간 가열한다. 불을 끄고 10분 정도 뜸을 들인다. 전기밥솥에 할 경우에는 쌀과 채소를 넣고 취사 버튼을 누른다.

7 팬에 기름을 두르고 버섯을 노릇하게 굽는다. 소금을 살짝 뿌려 간한다.

8 밥을 고루 섞은 뒤 그 위에 구운 버섯과 쪽파를 올린다.

TIP

* 우엉과 연근은 초벌 볶음 후 쌀과 함께 밥을 지으면 질감이 부드러우면서도 향이 깊어진다.
* 버섯은 별도로 구워 올리는 것이 식감 대비와 풍미를 살리는 데 도움이 된다.

석박지 김치

 **재료**

중간 크기의 무 2개(무의
  무게 700~800g 내외)
쪽파 1줌
배 1/2개(또는 사과 1개)
양파 1개
찹쌀풀 1/2컵
고춧가루 5~6큰술(취향
  에 따라 조절)
천일염(간 조절용)

만드는 법

1 무는 깨끗이 씻어 껍질째 먹기 좋은 크기로 썬다.

2 찹쌀 가루 1큰술에 물(또는 채수) 1컵을 넣고 저어가며
  끓여 찹쌀풀을 만든다. 투명한 풀을 만들어 식힌다.

3 **양념 만들기.** 배, 양파는 곱게 갈고, 고춧가루, 찹쌀
  풀과 함께 섞는다. 살짝 간을 본 다음 입맛에 맞게
  천일염으로 간을 한다.

4 무에 양념을 넣고 잘 버무린다. 쪽파는 4cm 길이로
  썰어 함께 넣고 가볍게 섞는다

5 김치통에 담아 상온에서 하루 이틀 숙성 후 냉장 보
  관한다.

TIP

* 절임 없이 담그는 석박지는 시간이 흐를수록 점잖고 깊은 맛이 난다.
* 다 버무리고 담을 때 꼭꼭 눌러 담아서 공기 접촉을 최소화한다.
* 냉장고에 넣지 않고 서늘한 곳에 두었다가 먹어도 된다.
* 담그기도 어렵지 않고, 맛도 좋아서 다시 만들고 싶어진다.

찌개용 호박김치

재료(2인분)

늙은호박 300g
굵은 소금 약 1큰술
풋고추 2개(매콤한 취
  향이라면 청양 고추 1개
  + 풋고추 1개)
제피잎(초피잎) 2~3
  장(선택)

양념 재료

찹쌀풀 2큰술
청장(전통 간장) 1큰술
고춧가루 1큰술
고추씨 가루 1큰술
조청 1작은술
다진 생강 약간

만드는 법

1. 너무 두껍지 않게 썰어 놓은 늙은호박을 굵은 소금에 30분 정도 절인다.
2. 절인 호박은 깨끗이 헹군 뒤 채반에 밭쳐 물기를 뺀다.
3. 청양고추와 풋고추는 어슷썬다.
4. 물기를 뺀 호박과 고추에 준비한 양념, 제피잎을 넣고 골고루 버무린다.
5. 통에 꾹꾹 눌러서 담은 뒤 남은 제피잎을 위에 얹는다. 실온에서 4~5일 정도 익힌 뒤 찌개로 먹는다.

TIP 양념에 제피잎(초피잎)을 넣는 이유는 제피잎이 특유의 상큼한 향으로 김치의 잡내를 잡아주고, 살균·방충 효과가 있어서 저장할 때 위생에 좋다. 맛과 향을 살리고 혹시 모를 벌레 생김도 예방해 주는 옛 지혜다.

바로 먹는 호박김치(겉절이)

재료(2인분)

늙은호박 300g
굵은 소금 약간
어울리는 생채(반디나물,
    고수, 미나리, 치커리, 겨
    자잎, 갓 선택. 기호에 따
    라 한 줌 정도)

양념 재료

찹쌀풀 2큰술
청장(전통 간장) 1큰술
매실청(또는 조청) 1큰술
고춧가루 1큰술
고추씨 가루 1큰술
다진 생강 약간

만드는 법

1. 끓는 물에 소금을 넣고 너무 두껍지 않게 썬 늙은호박을 살짝 데친 뒤 한 김 식힌다(절대 찬물에 헹구지 않는다. 호박의 수분이 빠지면서 물러지기 쉽고, 양념 맛이 연해질 수 있다. 그리고 뜨거운 상태에서 한 김만 식혀야 호박의 달큰한 맛과 촉촉한 식감이 유지된다).

2. 준비한 생채가 있으면 깨끗이 손질하여 함께 넣는다.

3. 양념을 모두 섞고 그 양념에 호박과 생채를 버무린다. 기호에 따라 매실청이나 조청을 조금 더 추가해도 된다.

책공장더불어의 책

개.똥.승. (세종도서 문학 부문)

어린이집의 교사면서 백구 세 마리와 사는 스님이 지구에서 다른 생명체와 더불어 좋은 삶을 사는 방법, 모든 생명이 똑같이 소중하다는 진리를 유쾌하게 들려준다.

개·고양이 자연주의 육아백과

세계적인 홀리스틱 수의사 피케른의 개와 고양이를 위한 자연주의 육아백과. 50만 부 이상 팔린 베스트셀러로 반려인, 수의사의 필독서. 최상의 식단, 올바른 생활습관, 암, 신장염, 피부병 등 각종 병에 대한 대처법도 자세히 수록되어 있다.

개 질병의 모든 것

40년간 4번의 개정판을 낸 개 질병 책의 바이블. 개가 건강할 때, 이상 증상을 보일 때, 아플 때 등 모든 순간 곁에 두고 봐야 할 책이다.

고양이 질병의 모든 것

40년간 3번의 개정판을 낸 고양이 질병 책의 바이블. 고양이가 건강할 때, 이상 증상을 보일 때, 아플 때 등 모든 순간에 곁에 두고 봐야 할 책이다. 질병의 예방과 관리, 증상과 징후, 치료법에 대한 모든 해답을 완벽하게 찾을 수 있다.

우리 아이가 아파요! 개·고양이 필수 건강 백과

새로운 예방접종 스케줄부터 우리나라 사정에 맞는 나이대별 흔한 질병의 증상·예방·치료·관리법, 나이 든 개, 고양이 돌보기까지 반려동물을 건강하게 키울 수 있는 필수 건강백서.

개, 고양이 사료의 진실

미국에서 스테디셀러를 기록하고 있는 책으로 2007년 멜라민 사료 파동 등 반려동물 사료에 대한 알려지지 않은 진실을 폭로한다.

개 피부병의 모든 것

홀리스틱 수의사인 저자는 상업사료의 열악한 영양과 과도한 약물사용을 피부병 증가의 원인으로 꼽는다. 제대로 된 피부병 예방법과 치료법을 제시한다.

개와 함께 살아남기! 재난 대비 생존북

전 세계가 수해와 화재, 지진 등 재난의 시대에 놓였다. 개와 함께 살아남기 위해 특별한 대비법과 행동 요령을 알아본다.

개가 행복해지는 긍정교육

개의 심리와 행동학을 바탕으로 한 긍정교육법으로 50만 부 이상 판매된 반려인의 필독서. 짖기, 물기, 대소변 가리기, 분리불안 등의 문제를 평화롭게 해결한다.

노견은 영원히 산다

퓰리처상을 수상한 글 작가와 사진 작가가 나이 든 개를 위해 만든 사진 에세이. 저마다 생애 최고의 마지막 나날을 보내는 노견들에게 보내는 찬사.

다정한 사신

일러스트레이터 제니 진야가 그려낸 고통받은 동물들을 새로운 삶의 공간으로 안내하는 위로의 그래픽 노블.

순종 개, 품종 고양이가 좋아요?

사람들은 예쁘고 귀여운 외모의 품종 개, 고양이를 선호하지만 품종 동물은 700개에 달하는 유전 질환으로 고통 받는다. 많은 품종 개와 고양이가 왜 질병과 고통에 시달리다가 일찍 죽는지, 건강한 반려동물을 입양하려면 어찌해야 하는지 동물복지 수의사가 알려준다.

유기견 입양 교과서

보호소에 입소한 유기견은 안락사와 입양이라는 생사의 갈림길 앞에 선다. 이들에게 입양이라는 선물을 주기 위해 활동가, 봉사자, 임보자가 어떻게 교육하고 어떤 노력을 해야 하는지 차근차근 알려준다.

임신하면 왜 개, 고양이를 버릴까?

임신, 출산으로 반려동물을 버리는 나라는 한국이 유일하다. 세대 간 문화충돌, 무책임한 언론 등 임신, 육아로 반려동물을 버리는 사회현상에 대한 분석과 안전하게 임신, 육아 기간을 보내는 생활법을 소개한다.

버려진 개들의 언덕 (학교도서관저널 추천도서)

인간에 의해 버려져서 동네 언덕에서 살게 된 개들의 이야기. 새끼를 낳아 키우고, 사람들에게 학대를 당하고, 유기견 추격대에 쫓기면서도 치열하게 살아가는 생명들의 2년간의 관찰기.

유기동물에 관한 슬픈 보고서 (환경부 선정 우수환경 도서, 어린이도서연구회에서 뽑은 어린이·청소년 책, 한국간행물윤리위원회 좋은 책, 어린이문화진흥회 좋은 어린이책)

동물보호소에서 안락사를 기다리는 유기견, 유기묘의 모습을 사진으로 담았다. 인간에게 버려져 죽임을 당하는 그들의 모습을 통해 인간이 애써 외면하는 불편한 진실을 고발한다.

치료견 치로리 (어린이문화진흥회 좋은 어린이책)

비 오는 날 쓰레기장에 버려진 잡종 개 치로리. 죽음 직전 구조된 치로리는 치료견이 되어 전신마비 환자를 일으키고, 은둔형 외톨이 소년을 치료하는 등 기적을 일으킨다.

사람을 돕는 개
(한국어린이교육문화연구원 으뜸책, 학교도서관저널 추천도서)

안내견, 청각장애인 도우미견 등 장애인을 돕는 도우미견과 인명구조견, 흰개미탐지견, 검역견 등 사람과 함께 맡은 역할을 해내는 특수견을 만나본다.

용산 개 방실이 (어린이도서연구회에서 뽑은 어린이·청소년 책, 평화박물관 평화책)

용산에도 반려견을 키우며 일상을 살아가던 이웃이 살고 있었다. 용산 참사로 갑자기 아빠가 떠난 뒤 24일간 음식을 거부하고 스스로 아빠를 따라간 반려견 방실이 이야기.

장애견 모리 (한국출판문화산업진흥원 중소출판사 우수콘텐츠 제작지원 선정, 학교도서관저널 이달의 책)

21살의 수의대생이 다리 셋인 장애견을 입양한 후 약자에 배려없는 세상을 마주한다.

수술 실습견 쿵쿵따

수술 경험이 필요한 수의사들을 위해 수술대에 올랐던 개 쿵쿵따. 8년을 수술 실습견으로, 10년을 행복한 반려견으로 산 이야기.

개에게 인간은 친구일까?

인간에 의해 버려지고 착취당하고 고통받는 우리가 몰랐던 개 이야기. 다양한 방법으로 개를 구조하고 보살피는 사람들의 아름다운 이야기가 그려진다.

동물과 이야기하는 여자

SBS 〈TV 동물농장〉에 출연해 화제가 되었던 애니멀 커뮤니케이터 리디아 히비가 20년간 동물들과 나눈 감동의 이야기. 병으로 고통받는 개, 안락사를 원하는 고양이 등과 대화를 통해 문제를 해결한다.

우주식당에서 만나 (한국어린이교육문화연구원 으뜸책)

2010년 볼로냐 어린이도서전에서 올해의 일러스트레이터로 선정되었던 신현아 작가가 반려동물과 함께 사는 이야기를 네 편의 작품으로 묶었다.

펫로스 반려동물의 죽음 (아마존닷컴 올해의 책)

동물 호스피스 활동가 리타 레이놀즈가 들려주는 반려동물의 죽음과 무지개다리 너머의 이야기. 펫로스(pet loss)란 반려동물을 잃은 반려인의 깊은 슬픔을 말한다.

후쿠시마에 남겨진 동물들
(미래창조과학부 선정 우수과학도서, 환경부 선정 우수환경도서, 환경정의 청소년 환경책)

2011년 3월 11일, 대지진에 이은 원전 폭발로 사람들이 떠난 일본 후쿠시마. 다큐멘터리 사진 작가가 담은 '죽음의 땅'에 남겨진 동물들의 슬픈 기록.

후쿠시마의 고양이 (한국어린이교육문화연구원 으뜸책)

동일본 대지진 이후 5년. 사람이 사라진 후쿠시마에서 살처분 명령이 내려진 동물을 죽이지 않고 돌보고 있는 사람과 함께 사는 두 고양이의 모습을 담은 사진집.

강아지 천국

반려견과 이별한 이들을 위한 그림책. 들판을 뛰놀다가 맛있는 것을 먹고 잠들 수 있는 곳에서 행복하게 지내다가 천국의 문 앞에서 사람 가족이 오기를 기다리는 무지개다리 너머 반려견의 이야기.

고양이 천국 (어린이도서연구회에서 뽑은 어린이·청소년 책)

고양이와 이별한 이들을 위한 그림책. 실컷 놀고, 먹고, 자고 싶은 곳에서 잘 수 있는 곳. 그러다가 함께 살던 가족이 그리울 때면 잠시 다녀가는 고양이 천국의 모습을 그려냈다.

바래다줄 수 있다면

아이가 삶을 다했을 때 천국까지 바래다줄 수 있다면 얼마나 좋을까. 절벽을 오르고 불구덩이를 지나 씩씩하게 천국까지 바래다주는 내용의 그림책으로 큰 위로가 된다.

깃털, 떠난 고양이에게 쓰는 편지

프랑스 작가 클로드 앙스가리가 먼저 떠난 고양이에게 보내는 편지. 한 마리 고양이의 삶과 죽음, 상실과 부재의 고통, 동물의 영혼에 대해 써 내려간다.

고양이 그림일기

(한국출판문화산업진흥원 이달의 읽을 만한 책)

장군이와 흰둥이, 두 고양이와 그림 그리는 한 인간의 1년 치 그림일기. 종이 다른 개체가 서로의 삶의 방법을 존중하며 사는 잔잔하고 소소한 이야기.

고양이 임보일기

《고양이 그림일기》의 이새벽 작가가 새끼 고양이 다섯 마리를 구조해서 입양 보내기까지의 시끌벅적한 임보 이야기를 그림으로 그려냈다.

나비가 없는 세상

(어린이도서연구회에서 뽑은 어린이·청소년 책)

고양이 만화가 김은희 작가가 그려내는 한국 고양이 만화의 고전. 신디, 페르캉, 추새. 개성 강한 세 마리 고양이와 만화가의 달콤쌉싸래한 동거 이야기.

고양이와 함께 살아남기! 재난 대비 생존북

전 세계가 수해와 화재, 지진 등 재난의 시대에 놓였다. 고양이와 함께 살아남기 위해 특별한 대비법과 행동 요령을 알아본다.

고양이 안전사고 예방 안내서

고양이는 여러 안전사고에 노출되며 이물질 섭취도 많다. 고양이의 생명을 위협하는 식품, 식물, 물건을 총정리했다.

동물을 만나고 좋은 사람이 되었다

(한국출판문화산업진흥원 출판 콘텐츠 창작자금지원 선정)

개, 고양이와 살게 되면서 반려인은 동물의 눈으로, 약자의 눈으로 세상을 보는 법을 배운다. 동물을 통해서 알게 된 세상 덕분에 조금 불편해졌지만 더 좋은 사람이 되어 가는 개·고양이에 포섭된 인간의 성장기.

동물을 위해 책을 읽습니다 (한국출판문화산업진흥원 출판 콘텐츠 창작자금지원 선정. 국립중앙도서관 사서 추천 도서)

우리는 동물이 인간을 위해 사용되기 위해서만 존재하는 것처럼 살고 있다. 우리는 우리가 사랑하고, 입고, 먹고, 즐기는 동물과 어떤 관계를 맺어야 할까? 100여 편의 책 속에서 길을 찾는다.

채식하는 사자 리틀타이크

(아침독서 추천도서, 교육방송 EBS 〈지식채널e〉 방영)

육식동물인 사자 리틀타이크는 평생 피 냄새와 고기를 거부하고 채식 사자로 살며 개, 고양이, 양 등과 평화롭게 살았다. 종의 본능을 거부한 채식 사자의 9년간의 아름다운 삶의 기록.

대단한 돼지 에스더

(환경부 선정 우수환경도서, 학교도서관저널 추천도서)

인간과 동물 사이의 사랑이 얼마나 많은 것을 변화시킬 수 있는지 알려 주는 놀라운 이야기. 300 킬로그램의 돼지 덕분에 파티를 좋아하던 두 남자가 채식을 하고, 동물보호 활동가가 되는 놀랍고도 행복한 이야기.

인간과 개, 고양이의 관계심리학

함께 살면 개, 고양이와 반려인은 닮을까? 동물학대는 인간학대로 이어질까? 248가지 심리실험을 통해 알아보는 인간과 동물이 서로에게 미치는 영향에 관한 심리 해설서.

황금 털 늑대 (학교도서관저널 추천도서)

공장에 가두고 황금빛 털을 빼앗는 인간의 탐욕에 맞서 늑대들이 마침내 해방을 향해 달려간다. 생명을 숫자가 아니라 이름으로 부르라는 소중함을 알려주는 그림책.

동물에 대한 예의가 필요해

일러스트레이터인 저자가 청소년들에게 지금 동물들이 어떤 고통을 받고 있는지, 우리는 그들과 어떤 관계를 맺어야 하는지 그림을 통해 이야기한다. 냅킨에 쓱쓱 그린 그림을 통해 동물들의 목소리를 들을 수 있다.

사향고양이의 눈물을 마시다

(한국출판문화산업진흥원 우수출판 콘텐츠 제작지원 선정, 환경부 선정 우수환경도서, 학교도서관저널 추천도서, 국립중앙도서관 사서가 추천하는 휴가철에 읽기 좋은 책, 환경정의 올해의 환경책)

내가 마신 커피 때문에 인도네시아 사향고양이가 고통받는다고? 내 선택이 세계 동물에게 미치는 영향, 동물을 죽이는 것이 아니라 살리는 선택에 대해 알아본다.

동물학대의 사회학 (학교도서관저널 올해의 책)

동물학대와 인간폭력 사이의 관계를 설명한다. 페미니즘 이론 등 여러 이론적 관점을 소개하면서 앞으로 동물학대 연구가 나아갈 방향을 제시한다.

동물주의 선언 (환경부 선정 우수환경도서)

현재 가장 영향력 있는 정치철학자가 쓴 인간과 동물이 공존하는 사회로 가기 위한 철학적·실천적 지침서.

적색목록 (한국만화영상진흥원의 2021년 다양성만화제작 지원사업과 2023년 독립출판만화 제작 지원사업 선정)

끝없이 멸종위기종으로 태어나 인간에게 죽임을 당하는 동물들을 그린 그래픽 노블. 인간은 홀로 살아남을 것인가?

동물노동

인간이 농장동물, 실험동물 등 거의 모든 동물을 착취하면서 사는 세상에서 동물노동에 대해 묻는 책. 동물을 노동자로 인정하면 그들의 지위가 향상될까?

퇴역 경주마 초롱이

인간에게 돈을 벌어주지 못한 경주마 초롱이는 퇴역 경주마가 되고, 경주 때 얻은 다리 부상에도 승용마로 일했다. 다행히 노년에 좋은 가족을 만나 행복하게 보냈다. 고단한 퇴역 경주마의 삶을 초롱이를 통해 알아본다.

인간과 동물, 유대와 배신의 탄생

(환경부 선정 우수환경도서, 환경정의 선정 올해의 환경책)

미국 최대의 동물보호단체 휴메인소사이어티 대표가 쓴 21세기 동물해방의 새로운 지침서. 농장동물, 산업화된 반려동물 산업, 실험동물, 야생동물 복원에 대한 허위 등 현대의 모든 동물학대에 대해 다루고 있다.

동물들의 인간 심판 (대한출판문화협회 올해의 청소년 교양도서, 세종도서 교양 부문, 환경정의 청소년 환경책, 아침독서 청소년 추천도서, 학교도서관저널 추천도서)

동물을 학대하고, 학살하는 범죄를 저지른 인간이 동물 법정에 선다. 고양이, 돼지, 소 등은 인간의 범죄를 증언하고 개는 인간을 변호한다. 이 기묘한 재판의 결과는?

묻다 (환경부 선정 우수환경도서, 환경정의 올해의 환경책)

구제역, 조류독감으로 거의 매년 동물의 살처분이 이뤄진다. 저자는 4,800곳의 매몰지 중 100여 곳을 수년에 걸쳐 찾아다니며 기록한 유일한 사람이다. 그가 우리에게 묻는다. 우리는 동물을 죽일 권한이 있는가.

동물원 동물은 행복할까?

(환경부 선정 우수환경도서, 학교도서관저널 추천도서)

동물원 북극곰은 야생에서 필요한 공간보다 100만 배, 코끼리는 1,000배 작은 공간에 갇혀 살고 있다. 야생동물보호운동 활동가인 저자가 기록한 동물원에 갇힌 야생동물의 참혹한 삶.

고등학생의 국내 동물원 평가 보고서

(환경부 선정 우수환경도서)

인간이 만든 '도시의 야생동물 서식지' 동물원에서는 무슨 일이 일어나고 있나? 국내 9개 주요 동물원이 종보전, 동물복지 등 현대 동물원의 역할을 제대로 하고 있는지 평가했다.

동물 쇼의 웃음 쇼 동물의 눈물

(한국출판문화산업진흥원 청소년 권장도서, 한국출판문화산업진흥원 청소년 북토큰 도서)

동물 서커스와 전시, TV와 영화 속 동물 연기자, 투우, 투견, 경마 등 동물을 이용해서 돈을 버는 오락산업 속 고통받는 동물들의 숨겨진 진실을 밝힌다.

야생동물병원 24시 (어린이도서연구회에서 뽑은 어린이·청소년 책, 한국출판문화산업진흥원 청소년 북토큰 도서)

로드킬 당한 삵, 밀렵꾼의 총에 맞은 독수리, 건강을 되찾아 자연으로 돌아가는 너구리 등 대한민국 야생동물이 사람과 부대끼며 살아가는 슬프고도 아름다운 이야기.

숲에서 태어나 길 위에 서다 (환경정의 올해의 청소년 환경책, 환경부 환경도서 출판 지원사업 선정)

한 해에 로드킬로 죽는 야생동물 200만 마리. 인간과 야생동물이 공존할 수 있는 방법을 찾는 현장 과학자의 야생동물 로드킬에 대한 기록.

동물복지 수의사의 동물 따라 세계 여행

(환경정의 올해의 청소년 환경책, 한국출판문화산업진흥원 중소출판사 우수콘텐츠 제작지원 선정, 학교도서관저널 추천도서)

동물원에서 일하던 수의사가 동물원을 나와 세계 19개국 178곳의 동물원, 동물보호구역을 다니며 동물원의 존재 이유에 대해 묻는다. 동물에게 윤리적인 여행이란 어떤 것일까?

똥으로 종이를 만드는 코끼리 아저씨

(환경부 선정 우수환경도서, 한국출판문화산업진흥원 청소년 권장도서, 서울시교육청 어린이도서관 여름 방학 권장도서, 한국출판문화산업진흥원 청소년 북토큰 도서)

코끼리 똥으로 만든 재생종이 책. 코끼리 똥으로 종이와 책을 만들면서 사람과 코끼리가 평화롭게 살게 된 이야기를 코끼리 똥 종이에 그려냈다.

고통받은 동물들의 평생 안식처 동물보호구역

(환경부 선정 우수환경도서, 환경정의 올해의 어린이 환경책, 한국어린이교육문화연구원 으뜸책)

고통받다가 구조되었지만 오갈 데 없었던 야생동물의 평생 보금자리. 저자와 함께 전 세계 동물보호구역을 다니면서 행복하게 살고 있는 동물을 만난다.

물범 사냥 (노르웨이국제문학협회 번역 지원 선정)

북극해로 떠나는 물범 사냥 어선에 감독관으로 승선한 마리는 낯선 남자들과 6주를 보내야 한다. 남성과 여성, 인간과 동물, 세상이 평등하다고 믿는 사람들에게 펼쳐 보이는 세상.

전쟁과 개 고양이 대학살

1939년, 전쟁 중인 영국에서 한 달 동안 40만 마리의 개, 고양이가 안락사되었다. 전쟁 시 인간에게 반려동물이란 무엇일까?

동물은 전쟁에 어떻게 사용되나?

전쟁은 인간만의 고통일까? 자살폭탄 테러범이 된 개 등 고대부터 현대 최첨단 무기까지, 우리가 몰랐던 동물 착취의 역사.

햄스터

햄스터를 사랑한 수의사가 쓴 햄스터 행복·건강 교과서. 습성, 건강관리, 건강식단 등 햄스터 돌보기 완벽 가이드.

어쩌다 햄스터

사랑스러운 햄스터와 초보 집사가 펼치는 좌충우돌 동물 만화. 햄스터를 건강하게 오래 키울 수 있는 특급 노하우가 가득하다.

실험 쥐 구름과 별

동물실험 후 안락사 직전의 실험 쥐 20마리가 구조되었다. 일반인에게 입양된 후 평범하고 행복한 시간을 보낸 그들의 삶을 기록했다.

토끼

토끼를 건강하고 행복하게 오래 키울 수 있도록 돕는 육아 지침서. 습성·식단·행동·감정·놀이·질병 등 토끼에 관한 모든 것을 담았다.

토끼 질병의 모든 것

토끼의 건강과 질병에 관한 모든 것, 질병의 예방과 관리, 증상, 치료법, 홈 케어까지 완벽한 해답을 담았다.

건강을 살리고 생명을 살리는 자연 요리

경봉 스님의 무해한 식탁

초판 1쇄 2025년 12월 10일

지은이 경봉 스님
편집 김보경

교정 김수미
디자인 나디하 스튜디오(khj9490@naver.com)

인쇄제작 정원문화인쇄
펴낸이 김보경
펴낸 곳 책공장더불어

책공장더불어
주소 서울시 종로구 혜화로16길 40
대표전화 (02)766-8406
이메일 animalbook@naver.com
블로그 http://blog.naver.com/animalbook
인스타그램 @animalbook.modoo

ISBN 979-11-24147-00-9 (03810)

＊잘못된 책은 바꾸어 드립니다.
＊값은 뒤표지에 있습니다.